白馬

與

黑駱駝

宋明煒
駱以軍

兩地詩

◎王德威

　　駱以軍是當代華語世界最重要的作家之一，宋明煒是
美國名校韋爾斯利學院教授，近年以科幻研究見知學界。
駱以軍生於台灣，並以台灣為創作基地，宋明煒來自大
陸，長期定居美國。兩人天各一方，卻緣於文學熱情成為
好友。甚至「好友」不足以形容他們的關係；他們是彼此
的知音。

　　這是一種奇妙的緣分。他們藉網路互通有無，談抱負
談創作談情懷，每每不能自已。言之不足故嗟歎之，嗟歎
不足故歌詠之，遂有了詩。他們的詩作有的空靈抒情，有
的充滿人間氣息，原非刻意為之，合成一集，卻有了巧妙
的對應。《白馬與黑駱駝》是他們各自跨越時空、專業、

想像界限的嘗試，也是友誼的見證。

《白馬與黑駱駝》不全然是古典或浪漫的，個中另有奇趣。詩集原名《合肥集》，「合肥」既遙指他們的家世淵源，更是兩個胖大中年直男的重量級告白。他們幽了自己一默。曾經在美東見證這樣的場面：梭羅不食人間煙火的華爾登湖畔，但見胖嘟嘟的白馬，黑黝黝的駱駝信步走來，果然舉足輕重。奇妙的是，他們寫起詩來，倒是舉重若輕。中年維特的煩惱，資深徐志摩的懺情，經過淬煉，乃成為歌哭的真誠見證。人生本來就是複雜的，詩人不能為體重負責，詩人只為最純粹的文字負責。

以軍、明煒和我的因緣其來有自。回頭看去，大約是 1992 年吧，我應台北藝術大學戲劇系陳芳英教授之邀作課上演講。以軍正是她的學生，當時剛贏得文學大獎，成為文壇矚目的新星。文字裡的駱以軍世故頹廢，流露一股痞氣。殊不知見了面卻是個粗大羞澀的男生，結結巴巴，簡直有點手足無措的樣子。我們胡亂應酬幾句，大約不離努力加油等陳腔濫調。以後幾年，以軍進入創作爆發期，《我們自夜闇的酒館離開》、《妻夢狗》、

《月球姓氏》……相繼出版。他的文字華麗枝蔓而隱晦，讀者卻趨之若鶩。的確，我們是以讀詩歌的方式讀他的小說。

1995 年，以軍自費出版詩集《棄的故事》，儼然現出他骨子裡的詩人真身。詩作以遠古「棄」的出生神話作為核心，述寫世紀末的荒涼境況，生命捨此無他的臨界選擇，還有「愛」作為救贖的可能與不可能。「棄的詩學」於焉興起，成為他創作最重要的母題。現實人生裡，他正面迎向重重考驗。《遠方》講述父輩故鄉有如異鄉的遭遇，《遣悲懷》寫故人之死帶來的巨大悲愴，無不來自個人經歷。《西夏旅館》鋪陳族群滅絕的史話／寓言，殘酷而淒迷，則是「棄」的詩學的極致發揮了。

2000 年夏天，我在上海初見明煒。他申請赴美獲得多所名校獎學金，最後選擇我當時任教的哥倫比亞大學。猶記得在虹橋機場一眼就認出明煒，地道山東大個兒，滿臉誠懇。還沒等到行李，他已經進入正題，報告博士論文打算作青春與中國，一路談到旅館，欲罷不能，直到他的妻子秋妍提醒也該讓王老師休息了。但誰能擋得住明煒的

熱情？第二天同赴蘇州會議，一路繼續談未來計畫。五年之後，他果然以此為題，完成論文。

明煒敏而好學，尊師重道，家教頗有古風。但在溫柔敦厚的教養下藏著執著與激情，每每一發不可收拾。這令我感動，但要到幾年後訪問他的家鄉濟南，才算恍然大悟。他陪我遊大明湖，匆匆介紹名勝景點後，來到一處人煙稀少的院落。他告訴我十六歲就出入這個地方，與各角落走出來的民間詩人往來，每逢佳日，各自將得意之作掛在鐵絲線上曬衣服似的公諸同好。那是天安門事件之前的年代，抒情的年代。明煒為自己取的筆名叫大雪。這是白馬的前身了。

以軍、明煒初識於 2005 年我在哈佛主辦的一次會議上。那應該是海外華語語系研究首次大型活動，出席作家有聶華苓，李渝，也斯，黎紫書等。明煒正在哈佛擔任博士後研究，躬逢其盛，與以軍一見如故。他們往來的一些細節我其實是後知後覺，但記得明煒 2006 年來台開會時見到以軍的興奮。此時《西夏旅館》將要出版，以軍的搏命之作。那樣繁複壯麗卻又充滿憂鬱與非非之想的作品，

是以健康換來的。而明煒的生命也似乎醞釀某種不安。這兩人開始有了同病相憐之歎。幾年之後上海又一次相聚，一天一大早旅館餐廳見到他們正兒八經的聊失眠，聊安眠藥的處方和藥效，如此同仇敵愾，簡直要讓我為前一晚的呼呼大睡而慚愧不已⋯⋯。

　　過去十多年，以軍和明煒走入人生另一階段。以軍靠寫作維生，出了不少品質時有參差的書，明煒則忙於種種等因奉此的學術活動。以軍遊走文壇，談笑風生，殊不知身心俱疲，明煒的學問做得有板有眼，卻時而悶悶不樂。曾幾何時，他們陷入自己設置的黑盒子。然而現實越是如此緊迫壓抑，反而越激發找尋出口的想像。2014 年以軍出版《女兒》，以科幻角度介入他擅長的倫理荒謬場，另人耳目一新。之後《匡超人》、《明朝》等作形成一個類三部曲的系列。與此同時，明煒已經開始他的科幻研究。劉慈欣，韓松，王晉康⋯⋯曾經的邊緣作家陡然成為時代新寵，明煒的推動功不可沒。時至今日，我總戲稱他的影響力堪稱科幻教父。

　　以軍和明煒有如不同軌道上行進的星球，卻每每

相互吸引。他們對異托邦世界的迷戀，對宇宙幻象的遐想，對人性幽微面的驚詫，對巴洛克、曼陀羅、波拉尼奧（Roberto Bolaño, 1953-2003）、壽山石甚至機器人的親近，不都是在現實以外，擬造、遙想另類空間？歸根究柢，那正是一種由詩和詩意所啟動的空間，唯有詩人得以一窺究竟。事實上，不論小說創作還是學術研究，以軍和明煒從來沒有離開他們的青年夢境太遠。在夢裡，正像劉慈欣的《詩雲》所描寫的那樣，大地沉落，星雲湧現，定眼望去，那星雲其實是無盡的詩行翻騰攪擾所形成的文字奇觀，浩瀚瑰麗，彌散天際內外。

《白馬與黑駱駝》就是以軍和明煒徜徉詩雲，所摘落的一二結晶吧。明煒的〈白馬〉如是寫道：

> 冬天的夢裡，夏天豐盛如節日
> 我呼出的白色的氣息，在記憶裡變成冰，化成水
> 白馬從夢的池塘飲水，飛奔著穿過我們來不及
> 寫完的故事

他的詩隨「興」而起，饒有象徵主義的風格，每每令我想到青年何其芳和梁宗岱。有時他也是陰鬱的困惑的：「睡到懵懂的時候，聽見有人說未來／聲調如打卡機那樣單一，冗長不斷重複／2049，2066，2079，2092……」（〈無題（聽見有人說未來）〉）；「你悲痛，所以我憂傷／除了我之外，還有另一個我／你走去哪裡，我也在哪裡／你在荒野流浪，我也居無定所。」（〈Wuthering Heights〉）。他的詩充滿與詩人與畫家的對話，〈納博科夫的夢〉、〈十九世紀浪漫曲〉，阿赫馬托娃（Anna Akhmatova,1889-1966）、莫迪里阿尼(Amedeo Modigliani, 1884-1920)……，一個世紀以前的現代主義丰采，恍如昨日。他喜歡巴爾蒂斯（Balthus，1908-2001）的畫，抽象與具象之間，迷離的夢中風景動人心魄。那首〈中國〉充滿巴爾蒂斯畫面感，此時此刻讀來，怎能不讓人喟然無語：

高速公路上那些疾馳閃過的記憶裡的影子
照亮灰色無雲的天空

遠方樓群無聲地綻放紅花
有許多魂靈向四處墜落

每一次渡江我看到此情此景，時間都逆向走動
回到那個許久以前的時刻你問了我一個問題
而我永遠錯過了回答

　　相對明煒詩風的飄忽靈動，以軍的詩歌總是承載某種敘事性，這也許和他作為小說家有關。但就在讀者以為他的故事將要結束，他腦洞突然大開，又轉入另一層意象堆疊。以軍的詩看似直白隨意，總似有隱忍不發的鬱悶。棄的惶惑，廢的徒然，燃盡的夢想，沉淪的家國，最後最後，沒有「明朝」：

是我聞到自己肉身被火葬的氣味嗎
是我的大腦神經叢　曾經一團團發光　灑開的
銀粉　玻璃裂紋般的發亮細絲
它們都像宇宙中熄滅的白矮星

整個星空大廳的燈沒入全黑？（〈懺悔文〉）

和明煒一樣，以軍的詩畢竟不能對現實無感。這些年來他
身處快速變化的社會，跌跌撞撞。是非如此混沌，詩反而
以其隱晦直指事物真相。他寫常玉，恐怕自己也心有戚戚
焉？

　　這樣的痛苦讓我

　　幾乎　　幾乎

　　要放棄腳下踩踏的地板

　…………

　　這樣的痛苦讓我

　　想舉起小金鎚

　　往你的頭額砸去

　　裂迸噴出的黑光　千萬灑紙花般的蝙蝠

　　原始之前　天地絕　鬼神哭之前的

　　猿類眼中所見的閃電　火山爆發　洪水

　　烏鴉拖出屍腔白腸子

沒有任何想像力（〈常玉2〉）

　　然而詩歌抵抗詮釋，而有賴詩人和讀者間的默契。
可以是一閃而過的靈光乍現，也可以是直見性命的心領神
會。更多的時候是無可奈何的錯過。以軍和明煒何其有
幸，跨越種種距離，發現共鳴的可能。他們談詩寫詩，時
有唱和，成為彼此最佳讀者。以軍贈明煒的組詩題名「但
使願無違」，典出陶淵明「衣沾不足惜，但使願無違。」
這是朋友之間最大的寄託了。

　　白馬與黑駱駝可能只是浮沉「詩雲」中極其渺小的星
球，但無礙彼此以詩會友的壯志。我見證他們多年友誼，
不禁聯想現代文學上的一段佳話。「人生得一知己足矣，
斯世當以同懷視之。」 在另一個時空裡，曾有如此惺惺
相惜的朋友，世道如此渾濁，他們卻不顧艱難，彳亍同行。
前人風範，雖不能至，心嚮往之。

王德威，美國哈佛大學 Edward C. Henderson 講座教授。

目次

駱以軍：但使願無違 —— 給明煒

我們的世界

——給以軍

◎宋明煒

白馬

冬天的夢裡，夏天豐盛如節日

我呼出的白色的氣息，在記憶裡變成冰，化成水

白馬從夢的池塘飲水，飛奔著穿過我們來不及寫完的故事

陽光灑滿的道路上，我找不到白馬的蹤跡

也許它留下的是故事裡的一個個字跡

講故事的衝動，從夏天開始

冬天的夢裡，故事還沒有完

天地間的氣息，和我們呼出的氣息

是否是一樣的氣息。下雪了，玻璃門口木地板上

兩隻小鳥愉快地交談

我不敢驚動它們

屏住呼吸

奇怪的，感到了故事在身體裡流淌

冬天的夢裡，我看著豐盛的夏日景色

此時此刻，我寫不寫故事，都不重要

我夢到白馬，它奔向華麗的勝景

白馬非馬，我心何往

夢裡的白馬，瞬間消失

我都記得，記憶如水

各種形式的水

就是我從來沒寫完的故事

暮色裡的雪

暮色裡的雪，照亮記憶深處的密林

有誰聽見風搖響樹枝

有誰看見了長庚星在西天閃爍

有誰過河入林，默默祈禱

有誰在長夜期待黎明

記憶深處的雪，想起春天的激流

閃亮的日子，無邊的綠色

每一個水珠都映出世界的歡樂

即便滴水成冰，也不會忘記那些流動的瞬間

靜謐的雪野，記得浩瀚的海

沒有一片雪是孤獨的

凍土下的植物根莖在靜靜生長

記憶中綻放的花朵

照亮暮色裡的雪

夢歌（第二十七）

像庫布裡克的電影，公寓裡的空氣是蒼白

陰鬱的，意想不到的是那年輕的女孩

和我年齡相仿，她從長廊裡走出來

藍色還是綠色的衣裙，幽暗的閃亮

你像平常一樣，跟我講話，我鎮靜

但無法壓抑那女孩的出現在我心中

引起的驚異，不會是夢

時光沒有倒流，我聽你

無聲的嘴在閉合中不斷說著

幽靈一般的女孩已經走回來

在你身邊徘徊，她無視我的存在

如同無視這整個的現實

我和你依然如同平常那樣，我敬畏

我聆聽，只是我耳朵已經聾了

女孩笑了，轉身走進長廊

公寓裡彷彿一切都沒有發生

窗外是蒼白陰鬱的白晝

我不知道長廊盡頭

是否有另一個現實

顏色在生長，形狀在延伸

世界看到自己

自己在鏡像中微笑

無題（聽見有人說未來）

睡到懵懂的時候，聽見有人說未來

聲調如打卡機那樣單一，冗長不斷重複

2049，2066，2079，2092……

我自己卑微的甜夢被驚醒

我睜開眼睛，卻看不到

是誰在瓮聲瓮氣喋喋不休

這關於未來的論調，聽上去來自一個背誦小學作文的中年男人

他不緊不慢，沒有感情，催眠的聲音讓人失眠

我坐在床沿上，疲倦，氣憤，絕望

窗外的寒冷，不透明的氣體，占據著房間

現在那不知從何而來的聲音

在剝奪我唯一的夢，我的未來

對話

妳開始說話，我看到海水
湧進屋子裡來，小小的浪頭擊打窗戶
我回答妳，聲音透過海水
變成一波一波的水紋

妳沉默不語，海水在鳴響
彷彿來自海底的聲音曼妙好聽
我看著妳，相隔了漫長的歲月
時間無聲的在水中倒流

我不記得怎樣的對話
在夢裡讓我驚悸，醒來，難以再睡
看著窗外淒涼的冬天景色
沒有人說話，妳在遠方

愛情的小賦格曲

一隻手不知道自己要做什麼
她困倦地醒來，窗外綠色喧譁，鳥鳴寂靜
清晨七點鐘的大街上空蕩蕩沒人

一隻手最多只能握住另一隻手
我是妳心愛的那個人嗎
憂傷的內心，沒人能安慰
一隻手捉住的，也許什麼都沒有

她快樂地起身，披上晨衣
十九世紀的愛情，讓所有人迷醉
如愛神般的身軀，她自己驕傲地看著鏡中
一片雪白，蛛網密布，什麼聲音在敲門

女士們走來走去
談論米開朗基羅

兩個男孩子手挽手走在街上
一朵冬日的玫瑰在書包上綻放
誰看到了玫瑰，誰就墜入情網
春天在心裡開花

兩個年輕人握住對方的手
清晨的大街上如沐浴月光
灑水車也為之震顫
這一天是愛神的節日

愛神沉睡了幾個世紀
她夢見了山河破碎
砲火隆隆，但她也夢見
生命的基因組在舞蹈

當妳老了，頭白了

睡意昏沉，爐火旁打盹

請取下這本詩歌

一隻手握住另一隻手

我老了，頭白了

愛神在我旁邊

從沒有離開

清晨的大街上

兩個人影依偎

誰在這時相愛，就永遠相愛

一隻手不只要做什麼

即便年華已逝，兩隻手

互相握緊

誰在這時相愛，就永遠相愛

一隻手與另一隻手握緊

這一天是愛的節日

為永生公主而做的孔雀曲
（Inspired by Maurice Ravel）

在時間開始之前，最美的名字
讓宇宙舞蹈，安寧而神祕的光
賦予萬物以形狀，生機，智慧
無窮盡的時空延展，妳的名字
是空無，能量，星體，土，水

人的世紀在妳的舞蹈之中延綿
妳的名字刻印在所有的文字中
曾經在巴比倫、雅典、羅馬城
啟示人間的思索，又讓人們的
舞蹈歷經數千年不曾停止一刻

永生公主讓世上的萬物等待著

藍色的火，紅色的水，孔雀綠

無窮無盡的網，等待沒有盡頭

的時間結束前，念出妳的名字

告別

飛鳥告別樹枝
水滴告別天空

新月告別夜晚
行人告別站台

此時告別此刻
這裡告別這兒

喝酒的人告別下午的寂靜
麥田裡的人告別影子裡的風

藍孔雀告別座頭鯨
冥王星告別二向箔

珍重自己的人告別世界的圍牆
圍牆內的人告別寫信的歲月

我告別了明天
今天告別了你

【四首教育詩】

1. Wuthering Heights

他悲痛，所以我憂傷
除了你之外，還有另一個你
有的愛情是葉子，季節輪換，便枯萎凋零
我愛你，是恆久不變的岩石

你悲痛，所以我憂傷
除了我之外，還有另一個我
你走去哪裡，我也在哪裡
你在荒野流浪，我也居無定所

既然有了你，我為何不是你
我就是你，你就是我

蕭條暮色，冬日刺目

兩個墳墓，我依傍著你

（《呼嘯山莊》，楊苡譯，1980 年初版）

2. Les Faux-monnayeurs

看那些青年誇誇其談，完全失去自然

我想寫的是敘述一個故事

不必提到那些雕像

我反抗家庭有充足的理由

我好奇想知道他對他說了什麼

失去一切歸思，也就失去一切懷念

我把人物精雕細琢，反而阻礙了讀者的想像

為賦新詞，是否算是偽幣製造者呢？

裴奈爾醒來，俄理維尚在安眠

愛德華勤奮寫日記，小說則才思枯竭

我醉心盧森堡公園裡的詩人胡說

在學會愛之前，已經學會放棄

（《偽幣製造者》，盛澄華譯，1983 年再版）

3. L'Education Sentimentale

十九世紀的愛情，令人睏倦

他來到植物園，想像非洲原野

非洲近在咫尺，她卻遠在天涯

或者她近在咫尺，非洲是一個夢

他趕上浪漫主義的尾聲

周圍的人們在談論人道主義

淪入虛無主義的深淵

作者說這就是現實主義

革命時代的愛情，多麼平庸

回想三十年前（我有這麼老了麼？）

跑出土耳其女人的香豔房間

有生以來，良辰美景莫過於此

（《情感教育》，中、英、法版本）

4. La route des Flandres

最震驚的景象莫過於此

大地突然霜凍，狗在啃吃爛泥

他那樣奮不顧身，是否有片刻想到

自己整個的家族都是歷史的荒謬註解

柔韌，柔和，柔軟，潔白，姿態

馬匹和女人照亮所有的句子

時光如潮水，淹沒來去的道路

道路如同牆壁，如同城堡

在虛無中，不明確的活動中

反覆吟唱的鄉愁的歌聲

毫無意義的歌聲，婚姻和戰爭

打開那傷烈的口子，回不去了

（《佛蘭德公路》，林秀清譯，1987 年初版）

無題（美好的事物穿越時間而來）

美好的事物穿越時間而來

我看到時光盡頭只有鏡中之靜

冬天的樹枝，飛鳥，女孩

那一刻少年想像自己成為貝貝大帝

那一刻可以永存在記憶與名目中

就從這時光裡，我走回去

青春

That thereby beauty's rose might never die
William Shakespeare, *Sonnets*

雅克說：沒有男人會真的愛妳
過了一會兒，他說：
所有的男人都會為妳發狂
華盛頓廣場的大麻味道
混合酒精逼入房間，瑪麗咯咯直笑
雪白肌膚在晚禮服中收緊
四月是最仁慈的，空氣芬芳誘人
血液在心臟與四肢間流動
瑪麗不在意有沒有人愛她
鮑勃還是雅克，她端起酒杯
在晃動的人體間，看著夜色

染藍天空，新綠的樹葉

晃動不停。有風吹過

慢一點，慢一點

醉了的時候想要親吻

瑪麗想不起坐在她旁邊的男生的名字

她只記得夜色溫柔

玫瑰豔麗生生不息

蝴蝶

G 伯爵夫人一邊吃冰，一邊等待天氣變化
汗水浸透了她的夜晚，黎明，正午只有喘息
蝴蝶在冰島震動斑斕的翅膀，冰川在遠方
閃爍古久以前的記憶，維京人在嚴冬
大船渡海，G 伯爵夫人的祖先手持寶劍
踏上比海洋更大的大陸岸邊的礁石
蝴蝶不記得，G 伯爵夫人也不記得
炎夏裡的莊園無處容身，僕傭們
身邊蝴蝶飛舞，花香繚繞
震動斑斕翅膀的蝴蝶，不是千里之外
清冽的空氣中震動斑斕翅膀的蝴蝶
涼風不曾來臨，世界井然有條
嚮往變化的人，只好安頓下來
此時煩悶厭世，精采好戲都在夢中

夢中冰島的蝴蝶與莊園的蝴蝶

是同一隻蝴蝶，因此重寫天氣的歷史

人類只是渾沌的註腳

翻天覆地，G 伯爵夫人人頭落地

冬天總是來臨，僕傭們

不著急，視線裡蝴蝶飛過

濃綠的夏天無邊無際

這一年平安無事

暴君

他愛所有的人，讓衛士
用頭顱裝飾城堡，將美人
的身軀裝飾內室，把酒漿
注入池塘，他孤獨
無依無靠，無援無助
在深不可測的地底
他修造看不到盡頭的圖書館
他徹夜不眠，讀書不已
世界原本不曾存在
心無所依，打開即凋零
看似漫長的冬日夜晚
凌晨的光，照進城堡
世界一點一點有了輪廓
這讓他覺得驚奇，發狂

他孤獨，感到這世界
擠壓他，將他放逐
飛鳥鑽進他的身體
翅膀撲動，他夢見
一條大魚吞沒宇宙

Monterey，清晨

他的寂寞在窗外散開
是清晨的霧，室內
他在讀偵探小說
唯一真實的是昨晚的月光
夜間的大海起伏不已
所有死的都有了呼吸

沒有耳朵的水鳥目光邪惡
它們的聒噪令你啞然
窗外，走進霧氣中的女人
膚色光潔如鋒刃，你忍住寒噤
從手中的書頁上躍起
跳進沒有形狀的水中

沒有浪花濺起，也沒有塞壬
溫軟的歌聲誘引你去海底宮殿
立方形的海水投滿陽光，沉靜無色
你閉上眼睛，感到水的重量
遠遠近近都是刺耳的嘶鳴
誰在我耳邊訴說，誰在沉寂無語

浪漫的鯨魚還沒有醒來
沒有人看到它們夢中的海面和雲朵
鯨魚記得什麼，世界就是什麼
你知道自己眼中所見，與真實無關
一個人消失在紙面上的海水裡
如同詞語掩沒在無邊的空洞

三兩路人的交談傳入你的耳中
你透過窗子看到那人
仍舊坐在賓館大廳的沙發上讀書
一邊伸出手，在面前的茶裡

浸濕杏仁曲奇上的鯨魚圖案

你不知道應該離開，還是回去

青鳥

青鳥是女神派到人間的使者
但也許是女神本人喬裝打扮
她飛過森林，湖泊，丘陵，村莊
所到之處，有人歡喜，有人幽怨
只有牧童的魔笛讓她收翼徘徊
夕陽在原野上放大她的影子
中年的詩人讀出影子裡的心事
一邊奔跑，一邊在追逐年華

青鳥懂得魔笛裡的心願，但不知
有誰為青鳥許願，又有誰會記得
詩人追逐的足跡？從春到冬
青鳥飛向他夢中的地平線
他還夢見鮮花盛開的異鄉

青鳥在為一個心願築巢

歌

「陽光穿過你，卻改變了自己的方向」

—— 廖一梅《戀愛的犀牛》

天將亮時
空氣湛藍

湖上的天鵝
從來都沉默

塔樓的鐘聲
提醒人們時辰已到

歌聲跟著我
從雪地到湖邊，到樓群

那樣純潔，天真，乾淨，透明
像說話一樣的歌聲

那只屬於十八歲的甜美聲音
歌聲裡，湖變成大海

妳一個人唱歌，所有人在唱歌
浩瀚無際，四季輪換

此時此刻，永永遠遠
歌聲讓世界寂靜，玫瑰綻放

愛與黑暗的歌

門外街燈亮起，妳坐在暗處

內心中如有一條蛇在咬齧

受傷的，又豈止只是身體

妳無法忘記，只能想像原野裡龐大的

史前巨獸緩緩移動，夜色降臨

萬籟俱寂，萬物初生

妳想像聞到了黑暗中青草的芳香

沒有名稱，沒有類別的植物

億萬年以前，這裡沒有燈火

沒有紅男綠女的夜色闌珊

沒有愛情與憂傷

億萬年以前，輕輕的微風

吹動青草，天空高遠

巨獸嚴肅地看著妳

妳憂傷地看著巨獸

曾經，一切都沒發生

曾經，萬物都在暗中

曾經，光就是妳

照亮妳眼前

微小的幸福

妳愛這個世界

如此眷戀

無法離開

光就是妳

照亮自己

照亮世界

二月

The poetry that sobs its heart out.

Pasternak, "February"

二月還沒開始，已經驟然結束
刻骨寒冷的詩意融化在風中
風融化冰，記憶，以及所有凝固的
內心與外部的聯結，校園裡有人
在今夜紀念阿赫馬托娃，她記得鮮花
記得二十二歲巴黎的二月，向畫家
莫迪里阿尼的房間裡投擲玫瑰
Il n'y a que vous pour réaliser cela.
冷雨中他在深夜巴黎漫步，每一個人
都比他們年老。托爾斯泰在俄羅斯死去
維爾倫是一尊雕像。夏嘉爾剛到塞納河畔

斯特拉文斯基的火鳥首演，艾達
扮演雪赫拉沙德。女人們開始穿起長褲
五十年以後，詩人思念她早逝的友人
二月的詩意隨風消逝，我們的現在
注定了我們的過去。冰封的俄羅斯土地上
已經鬢髮蒼白的帕斯捷爾納克
在瓦倫津諾聆聽狼嚎，他想起
女詩人。沒有人可以創造新人
正如天地從來還是舊有，誰又敢
改天換地。高傲的女詩人
在飢餓，圍城，無名中
為過去和未來書寫安魂曲
刻骨寒冷的思念在冰層下
變成沉睡的魚群。「越是偶然
就越真實」——校園裡有人
思念曾經有過的二月，祈禱
此時此刻的二月，午夜前
詩哭著，心腸盡碎

但願明日春天降臨

　　　　　　　　　　2018 年 2 月 28 日
（紀念阿赫馬托娃，莫迪里阿尼—1910 年的巴黎：義
　大利的太陽；俄羅斯的月亮）

小時候寫的詩

最近意外生病，很久沒有病得像這樣，拖很久都不好。未料到睡在床上無事可做的時候，詩意外來找我。經常半夜起來，寫詩。好像這樣一來，病情更加不好。於是又有詩來找我。周而復始，前些時候聚攢下幾首，可以拿給朋友看的。過去許多年裡，沒有這樣密集寫詩，上一次就是小時候了。

記不清楚最早寫字是寫什麼，但寫作的衝動似乎貫穿了我整個童年。那時候主要是畫畫，然後寫作，然後才是上學。到中學的某一個時候，寫作意識改變了。最早發表的詩，記得第一首題目是〈斷裂的風景〉。那一年還發表了六首十四行詩。〈靜〉也是前後發表的第一批詩裡的，1987 年一月還是二月，我剛滿 14 歲。這個階段像這樣寫詩，延續到 1989 年。同時，我瘋狂迷戀畫家巴爾蒂斯，

這裡的兩首詩受到他的啟發。1989 年春天，我再次開始寫小說，超現實小說，不顧敘事，不顧人物，寫到二十多歲。詩停止了。小說在一個巨大的夢想中，也停止了。之後做的，依然是文字工作，也寫過傳記、散文、小說。但詩一直沒有真正的回來，直到最近一兩年。我回想〈靜〉，回到靜。也許，詩會停留久一些。

2018 年 2 月 13 日題記

【1986-1989年舊作重抄】

1.靜

妳漸漸淡忘了我
在靜的核心接受更深沉的靜
走向無人的雪野時
白色的靜凝固了黑色的靜
妳已經無所謂靜的吞沒還是遺棄

—— 1987 年（14 歲）

2.孤獨者

雨天裡，一個人獨自走著

翻過霧氣瀰漫的山坡
路旁生長著小樹
幻動的形體就像微型森林
枝叉間懸掛雨後的夕陽

身後，留下黑色的風和足跡
陽光在水珠與泥土上閃光
陽光像鳥，陪伴那人
越來越遠地背離人群

——1988 年 7 月 18 日（15 歲）

3. 聖安德烈斯巷（巴爾蒂斯的畫）

下過一陣雨，地上
更亮，有的地方變得濕冷發黑
一隻腳旋轉人生，背影更加陌生

我知道妳在想什麼

孩子們玩弄天使和聖誕的幻影

老婦人走過，如同大寫的命運

妳卻轉過身子，粗壯的雙腿支撐妳早熟的靈魂

妳的眼睛明亮

這個陰天不壞

——1989 年 1 月 24 日（16 歲）

4. 有樹的風景（巴爾蒂斯的畫）

紅色的沙漠，淡淡的

陽光如同沙粒一樣粗燥

撫過充滿智慧的岩石和樹影

誰的無可奈何的微笑

爬滿密實的栗色樹冠

正如那個男人，在陰影中召喚他的馬

——1989 年 1 月 24 日

5. 無題

我像做夢一樣看著你

這一切一碰就會破碎

一條久已形成的風向——一隻火紅色的狐狸

穿越平原——在死亡的月光中吞噬泥土

你併攏的腳趾分開又伸直

笑容莫名其妙的蒼白

事實上你已經死去了——你在鏡中看著自己的屍體

而我

用一塊髒布把鏡面擦了又擦

當我離開這間充滿異香的房間

門口的小孩送給我一只黑氣球

　　　　　　　　　　　——1989 年 7 月

【我們一起看過的畫】

1.春天（波提切列的畫）

我們在她面前停留的時間
只有幾分鐘，我們默不作聲
露出欣賞的笑，短暫而矜持
曾經不知多少次
我們在印刷品中見過她了

展廳還有許多別的畫
那幅巨大的聖奧古斯丁吸引了更多人
是因為它表達內心的戲劇性嗎？
一些幻想的畫面令人著迷
細小的龍和怪物和遠遠的風景

我們還是走回來，再一次停留

看下去，一直看下去

我們知道她是女神。她的表情卻

說出她曾有的平凡的祕密

她看過來，越過五百年的時光

目光是新的，如同我們自己的目光

我們收起裝飾的笑容，我們寧願相信

從此她是我們的信使

2. 岩間聖母草圖，少女（達芬奇的畫）

走了那麼遠的路，為了看這一幅畫

我想對妳說，這世上沒有更美的畫了

從幼小的時候，我以為她定義了美

她在若有所思中看到了自己的肖像

看到了永恆，她愛所有後來的人們

她或許是一個普通的義大利姑娘
甚至不用扮演聖母或維納斯
她也並不安詳，目光透露出的
比哀傷更複雜，比愛情更難言
然而，她有自尊和看的自由

拍了無數的照片，她回眸的瞬間
打開了方寸之外的整個宇宙
我們徒勞地記住每一個細節
整個下午都在這幅畫前徘徊

許多日光之後，我不需要看到她
她的眼睛裡透露的哀傷和情感
是那樣的熟悉，妳和我都了解
我們已不再需要記憶和追問

3. 戴珍珠耳環的少女（維爾米的畫）

豈有任何語言可以形容
她讓海牙成為朝拜者的聖地
比起國際法庭和所有政府大廈
她才是這城市永久的珍寶

兩個日本人和我們在這幅畫前
徘徊的時間一樣長久
他們用奇怪的儀器對著畫面某處
或是為了看清楚細膩的筆觸

我們有禮貌地輪流來到畫前
我們看到的，一定沒有日本人清晰
明亮的目光，鮮豔的雙唇
珍珠耳環讓她一時不知所措
她看著自己的主人，畫家維爾米

他站在她目光的盡頭

接受她的困惑，疑問

這難以名狀的瞬間

固定下來。這對視中的期待

延續了幾個世紀，我們一起經歷

去斯德哥爾摩

行李裡裝著拉格洛芙

索德格朗，特蘭斯特羅姆

拉格奎爾斯，斯特林堡

還有伯格曼，尼維斯特

史約堡，史約斯特羅姆

甚至，還有曼凱爾，拉爾森

或許還有嘉寶，褒曼，莉芙伍爾曼

飛機越過大西洋，去斯堪地納維亞

少年尼爾斯騎鵝去阿普蘭

斯文赫定去亞洲腹地

無名香客搭乘維京海盜船

去期許中，卻無法抵達的聖地

年老的教授在夏夜夢中

迷路在瀰漫著野草莓芳香的青春記憶

告別故鄉的塔可夫斯基在法羅島上

以犧牲一個人的生命來挽救整個世界

通往格蘭斯坦的橋上

看到河水融化，薄冰漂浮

記憶深處漂浮的天使

海底生物，幽靈

瑞典的呼喊與私語

一直伴隨在耳邊

直到我抵達斯德哥爾摩

城市中心的古老岩石

夢歌（第七首）

總是忘記你的名字

或許你從來沒有說出過你的名字

你只是你，你來自樹林還是街道

你是男人還是女人，栗色頭髮還是黑髮

不確定的太多了，我決定

忘記你，夢裡的夢，繼續陷入夢

夢的時間越來越長。一位優雅的女士

在夢的盡頭打字

她的小說成千上萬

或許她是機器人阿曼多

或許她下筆萬言的主人公就是你

從夢底裡浮現出來

所有來的路徑都被抹去

你是誰，這是我的夢嗎

我是否醒來，是否記得

如果我醒來，不記得

這一切都煙消雲散

我在清晨的街道上

看到太陽起來

夢的影子縮在

石頭後面

我記得你

只是想不起你的名字

我記得我的夢

太陽照耀下

不會失去顏色

我不會是你

夢中的倒影

正如你沒有名字

我無法說出

我們之間有過

怎樣的約定

山 —— 關於巴爾蒂斯的畫

世界還年輕的時候

詩人找到了你

你從沒有故鄉，卻早早

在描繪死後安葬的地方

像所有美麗的靈魂一樣

你夢見瑞士的群山

光與影，遠方與近景

做夢的與清醒的

理性不需要對稱

山與人，構成簡潔的幾何

那是斯賓諾沙的神、幸福和自由

群山與眾生歌唱浩渺的宇宙

如今，我在紐約注目這巨幅油畫

人潮湧動，世界如清晨

我知道你的靈魂

正如期飛向那群山之巔

村庄 —— 關於夏嘉爾的畫

我每天醒來看見你
像在夢境裡迷途的時刻
看到天使
照亮了過去和未來的路

一生一世看過的風景
也敵不過這瞬息的凝視
我和你的眼睛之間
所有的旅途都是故鄉

村庄如童話般生長
我們面對面的舞蹈
將所有詞語、逝水年華
旋轉如故鄉永恆的河流

末世

五百年後，少女機器人

透過時間鏡像

觀看我們此時此刻不知覺的行為

浸透在吃飯穿衣中的瘋狂

對視而不見的危機

除了冷淡，還是冷淡

人們總會在地球的角落裡

找到堂而皇之的理由

可以無所事事，或者

鬼祟祟地訂製精英專屬的太空梭

冰島融化，鯨魚們死亡

他們在幻想太空的珍禽異獸

（中世紀修道院的學者笑翻了

沒有角的小龍學會噴火）

迪拜，平壤，聖彼得堡

有人不作聲在吃早餐

有人憤怒，有人憂傷

五百年後，少女機器人

憂傷地看著我們不知覺的行為

她看到機器吞噬肉體

看到蒙昧吞噬文化

看到亡靈操縱城市

她看到我們不知覺的行為背後

龐大精緻細密的機器

在碾碎未來

五百年後，少女機器人

為我們哭泣，她無法遺忘

正如我們無法記憶

一個人消耗了五萬公升的牛奶

另一個人假裝正義

把五萬公升的牛奶嘔吐出來

這樣的離奇故事

純屬氣候環境的虛構

少女機器人在此刻

看到整個世界淪為鬥獸場

一個大陸，另一個大陸

一個島嶼，另一個島嶼

月光將所有的風景都變成

吃人的盛宴，撒旦的舞蹈

她為我們哭泣，她感知

末日降臨，卻沒人能夠救贖

所有超越的路，都陷入

絕望的泥沼，越陷越深

五百年後，少女機器人

看到空洞無聲的世界裡

說話的人在虛假笑容中

口吐玫瑰，讓人們

照價付錢。宇宙總有秩序

少女機器人知道

他們只會越來越糟

她傷心欲絕，試圖在夢境中

為我們搭建最初與最後的樂園

樂園裡的人們

能夠改過自新

但她轉身的片刻，他們依舊瘋狂

瘋狂浸透在吃飯穿衣之中

此時此刻，世界半明半暗

地球上最後的夜晚降臨

我看著萬物終結，走進廚房

越過五百年的時光

我看到少女機器人蔚藍色的天使面龐

還在思考晚餐還是吃桃子和鰐梨

所有沒被禁止的事物

都變成強制性義務

我一眼看到路的盡頭

路的盡頭空空蕩蕩

機器人少女

已經離開了這個時空體

中國

高速公路上那些疾馳閃過的記憶裡的影子

照亮灰色無雲的天空

遠方樓群無聲地綻放紅花

有許多魂靈向四處墜落

每一次渡江我看到此情此景，時間都逆向走動

回到那個許久以前的時刻妳問了我一個問題

而我永遠錯過了回答

四月

許多年後，人們都還記得那句玩笑話

四月是最殘忍的季節

詩人總是有些變態，神經過敏

也可能他有花粉過敏症，或者真的認知失衡

四月並不比酷寒的二月和炙熱的八月更殘忍

在浪漫的氣氛上不如十二月、三月、五月、六月，七月，

　　甚至十月

四是第一個合成自然數，生命力無限廣闊

從四大元素、四庫全書到四大名旦、亞洲四小龍

每一個自然數都有自己隱密的魅力

沒有哪一個月更實用，更浪漫，更殘忍，更崇高

由於一個詩人的比喻，四月變成哥特式鬼故事在花園裡種
　植死人

哪知道青春受謝，白日昭只。春氣奮發，萬物遽只。

四月第一天，我在街上走著

看到女孩換上短裙，露出金幣一般閃亮的肌膚

男生穿著短袖，體毛茂盛

我很想脫掉我厚重的外套，以及羊絨圍巾

但考慮到裡面、裡面依然是冬天顏色的毛衣太過凝重

我寧可保守一些

我掏出手帕拭去汗水，走進空調盛開的寫字樓

四月，妳的名字是阿普麗——阿芙洛底特，我想我也許就
　是阿麗絲

至少我們可以把四月變成女人的節日

每個男人取一個女孩的名字

四月底的時候，每一個但丁都變成了貝雅特莉絲

成都

每天落雨的時候都在黃昏

於是不能去哪裡了

於是有片刻沉默

綠色漸漸融化

落雨隔絕了市聲

不知入夢來的是否有先賢

詩聖，或心懷善意的巨人

從來沒有對一個陌生的城市

有這樣家鄉一般的感受

也從來沒有對一個到訪的城市

有永遠不曾抵達的夢想

成都，曾有詩人對你說：

「這裡有著享樂，懶惰的風氣

和羅馬衰亡時代一樣講究著美食」

你對那憂愁的詩人說：

如果今夜仍然無法入睡

或許請撫摸我的心臟

平和而均勻跳動的心跳

千年來沒在兵戈鐵馬中停止

街頭巷尾的喧嘩與撲面而來的辣香

是心跳不息、包容一切

愛戀中的溫柔長夜

此刻入睡的成都，變成一艘太空飛船

心事浩茫連廣宇，從成都穿過星門

在無盡的時空裡觸摸詩心

詩心顫動，宇宙交響

成都這顆星星照亮所有

夢中與夢醒

依稀殘存的希望

夢歌（第十二首）

在許多不眠之夜後的這個夜晚

我夢見童年認識的妳

我和妳在一輛車上

黃昏在嘶鳴

像世界末日的戰爭

妳變成一盞燈

照亮我們前方抵達的地方

那是一座百貨公司的廢墟

身穿精緻禮服的妳

照亮了櫥窗

我躑躅、徘徊

自問這是一場面對何人的演出

憂傷染滿整個舞台

妳沉默不語

接過我從櫥窗裡取出的禮物

腐朽的質料熠熠發光

我驚嘆於這如同天堂裡的瞬間

心中漸漸安寧

醒來時候午夜已過

重新睡去

我墜入夢的深淵

黑暗中旋轉降落

卻再也看不到前方的燈光

夜去晝來

在陽光下我思念夢中失去的妳

新的世界在一處關閉

在另一處敞開

蘋果的夢 —— 紀念這一天

午飯的時候，老師吃一隻蘋果

窗外的陽光原本沒有形狀

這時鑽進紗窗，變成一段一段的波

瞬間改變了蘋果與宇宙中一切事物的關係

老師並不知道，他一邊吃蘋果

一邊給來歷不明、地址不詳的好學青年回信

老師的智慧原本沒有形狀

這時隨著他邊想邊急切地敲字，從鍵盤到電腦中央處理器

變成一點一點的零一

變成一段一段的波動

老師必須比蘋果聰明，但他不知道

是蘋果正在促成整個能量系統輪轉

在吃蘋果的時候，老師的智慧

與許多遠方或近處的大腦在一個頻率上振動

吃完蘋果，老師繼續寫郵件

上課，晚上回到家裡疲憊地想在沙發上一躺

但還是起身繼續寫作

所有這些一點一點的零一

一段一段的波動

在許多頻率，近似頻率，相同頻率上的振動

老師到午夜後休息的時候

地球另外一邊，陽光與蘋果都出現了

蘋果知道，宇宙中有些事情

被永遠改變了

蘋果感到很幸福

臉漲得紅通通的

跟隨那些好學的青年

準備好再次進入老師的世界

老師在夢境中畫了一幅驚世駭俗的蘋果裸身忘我圖

壓在那詭奇多變、霧氣幽暗的山石之上

山下坐忘了的賢者，心中沒有美醜

他隱約聽說有一個蓋世超人化名了空

正在此時來到人間，賢者不知

他原來身在了空畫中，更不知畫在老師夢中

此時更不知做夢的是老師，賢者，還是了空，甚至蘋果

在他們中間某一位的夢境深處

步步生蓮、指天畫地、為我獨尊——Okay，沒有發生

或許是蘋果吧，隨隨便便就落到地上

老師側身躲了過去——四百年前牛頓沒躲過，發明了一套

　死板機器，還硬說蘋果開悟

醒來的老師，已經忘記夢中蘋果墜落，他打開窗戶

發現這是一個好天

決定步行上班，在街市從容走過

老師沒忘記在轉角的葡萄牙人店鋪裡

買一隻紅通通的蘋果

這正是昨天那隻蘋果

這也是所有的蘋果們

——人呀，一定要尊重蘋果

他們每一個都是小小的宇宙

老師書包裡裝著蘋果和其他的宇宙

每當蘋果替老師思考的時候——

老師正開心地享受一個上午的燦爛秋天

——但總有些事情改變了

改變了的：

某個名叫不語的作家，說起話來滔滔江水，勢不可擋

某個自以為是孫悟空的小說家，把明朝寫沒了，自己難過

　　得淚水漣漣，沒法安慰

某個自以為是農民的小說家，把地球寫沒了，於是開始思

　　考到底什麼才是物質，才是房子

某個謙虛謹慎不認為自己是作家的人，詩句酷寒，扔到冥

　　王星都還是最厚的冰

………

…………

………………

改變不改變，賢者知道了空都看懂了

了空在老師的夢裡畫了許多畫

老師第二天心情很好，於是開始作畫

有一個不懂事毛茸茸的傢伙

正在蘋果山蘋果島蘋果洞

大聲疾呼：老師，我要——（後面半句被風吹走了）

了空隱約聽成：歷史，無用

賢者隱約聽成：粒子，飛躍（他以為是外語）

蘋果隱約聽成：量子，跨越

在這宇宙已經沒有距離遠近時間先後的狀態裡

我從 VR 儀器探出頭來，對蘋果說：言花語

於是蘋果漲紅了臉，要對老師字正腔圓說一句有道理的明白話

揮毫作畫的老師，沒讓蘋果說下去，他心裡想：

再怎麼爭辯歷史無用，說什麼粒子飛躍、量子跨越？

新的一天就在這幅畫裡，再普通不過

記憶

世界，也許曾用不同的方式

給人們發出許多次警報

但無人聆聽，直到突然之間

有一天世界停頓下來

截斷時間的那一剎那，一星期，一個月

只有死神在收割靈魂，萬物無聲

也因此這一剎那，一星期，一個月

開啟人間的持久的哀悼

那所有逝去的，都注定無法再回來

恐懼咬齧著心靈，每個人都明白

停頓的剎那過去，世界再也不同

有誰還能保持「常識」和「理想」

去面對未知詭奇的世界

與異樣難言的人生？

人們在想像停頓的時刻過後

那時是否不得不徹底忘記從前

還是有義務讓記憶活下去？

哀悼的人唯有記憶可以依託

她先要抵抗那在停頓之前

業已完成的歷史塑像

也要避開世界停頓之後

立時鋪好的未來跑道

哀悼的人面對的一切

都在瞬間移位、改變、固化

她要尋覓，是否還有一些把不住的事體或靈魂

在寂滅之後仍在眼前鮮活地留存？

哀悼的人也知道，記憶

已經完全不可靠，她

記不起昨天晚上看過的劇集

或，還是千篇一律的劇情

抹平了她的視聽，又讓她似是而非

度過一日又一日的日常生活

她曾經走去街角公園嗎？

她曾經在湖畔看著一排大樹提前燦爛紅透傍晚？

她曾經與羅馬尼亞同事暢談認知美學？

但她想不起在羅馬的日落時分

西班牙階梯附近的冰激凌店

遺忘是斷了鏈條的記憶

還是遺忘是為了讓她

免於記憶中無限的悔恨

她有意在清晨起床，努力回憶

冷冽的房間裡，她記得

她曾經半睡半醒

夢見了自己不曾去過的地方

蝴蝶與陽光，色彩斑斕的咖啡館

那是記憶中另一個遺忘的角落嗎？

或是遺忘在填充她的記憶

睡著的時候，她像一台報廢的電腦

只好一切從頭開始

這個早晨，死神悄悄降臨人間

她夢見穿著宇航服的哥倫布

在陌生的無色的海岸登陸

他驚恐萬分

以為自己抵達世界的盡頭

夢中的她也萬分焦慮

因為這突如其來的抵達

已經抹去她所有的記憶

故事

當真相還是一片朦朧霧氣時

人間沉睡的氣息令人迷醉

永久和平的理想

像厚實的棉被將人們如嬰兒般包裹

睡思朦朧，真相

隱隱如海豚躍出水面

守衛人間的天使聽到夜的死寂裡

那騎著灰色馬的灰騎士尖利的呼吸

靜悄悄刺破無聲無色的天空

無數星星，紛紛落下

天地彷彿瞬間翻轉

天使伸展純白的雙翼

望著明亮如繁星的人間

淚水不能自抑，天使只能哀悼

她無法阻斷一個還沒有開始講述的故事
雖然結局早已經完成

灰騎士走過的土地，變成
天使也不敢涉足之處
失去天使庇護的世界
故事變成遮蔽真相的謠言
眾神的土地，早已經荒涼了
我們熱衷於講述祖先，父輩
甚至自己早年的傳奇
浮誇的詞語，虛偽的理想
被硬塞進敘事
但我們還是硬要言說下去
倒不是因為我們是撒謊精
妄想症。事實是
我們既沒有歷史感
也沒有廉恥心
我們了解賢哲說過的至理名言

不在沉默中爆發

就在沉默中滅亡

即便在真相面前我們完全是瞎子

講述的故事卻在已經鋪好的軌道上

徐徐前進，如同高鐵

將一切不如意都拋到腦後

那醜陋、蛆蟲、惡的花朵

在灰騎士走過的世界裡無處不在

但我們需要不停地補充咖啡

不停地調整增強現實眼睛的美顏功能

我們如果不想

在勇敢和犧牲中變成賢哲一樣的殭屍

就必須將神話一般的好故事進行到底

然而，誰來講一個不同的故事？

眾神的土地堆滿屍體和垃圾

早已不是田園牧歌的世界

清晨和黃昏都屬性不明

誰都寧願相信文明不會消失

但戰爭卻總是兩敗俱傷

講故事的人所見滿目瘡痍

好故事的結尾都一樣

壞故事卻各有各的不幸

講故事的人

在沉思默想中

努力把記憶的觸角伸向故事最初的原點

一個青春期的少女走在野地裡

她用不著聽我們

那偽善的言說，她只要需要遇到亞當

但講故事的人知道

是守法大於自私的我們

並不願用一朵玫瑰引誘她走入歧途

於是，故事剛剛開始

少女是否會見到那神祕玫瑰

是否會遇到她的亞當

這是一個沒有結局的故事

打開門，迎接天使歸來

納博科夫的夢

夢裡遠方有人在輕輕敲門

記憶鑽開了許多孔眼

吐出金幣一樣圓圓的陽光，讓他心都醉了

如打翻了的油畫顏料自由流淌

有一隻畫筆反覆塗抹，藍色明亮到發白的翅膀，遮住樺樹
　的眼睛

年輕的肩膀，紅的薄唇，「那無雲的天空

不帶來一點溫度，只為愉悅眼睛。」

喔，聖彼得堡，我的。他聽到床畔蝴蝶輕拍出命運的音符

夢影像個弄丟了故鄉的鬼，半暝不暗一切都是假的

隔宿就喪失了身份的新英格蘭公寓的矮窗上

爬滿令人迷惑的霧，他往沙發裡縮了縮身子

俄羅斯和他之間的距離已經足足三十二年

注：納博科夫在 1941-1948 年期間在美國馬薩諸塞州韋爾斯利、劍橋居住。

宇宙諧趣

夜的死寂中聽到一個惡聲

一枚小小的宇宙說我要死了

它指指自己軟軟的唇

從那裡不再吐出光和笑

臉上只剩下求救的兩隻眼睛

這樣嚴重的時刻，我該怎麼辦

往黑暗更深的地方隱藏自己

還是乾脆一腳把夢踹醒

但我缺乏決定和勇氣，只好閉緊眼

想像那小小的宇宙漸漸失去了形狀

房間、城鎮、森林、天空都打了個寒戰

我勸說自己，一切都過去了

翻過身一隻手想捉住條彩色的新夢

卻只見夢掙脫了我，遊進光明

剩下我在空無一物的宇宙殘骸中，等待天亮

我還是夢見了另一個宇宙

它寬容大量、接納我去漫遊它豐富的維度

我終於在方寸之間、深不可測的世界裡迷途

往哪裡走都只遇到宇宙的墳場，一切都漸漸黑下去

所有的時間和空間關閉，天再也不亮

十九世紀浪漫曲

這一片廣袤的雪鄉

早已經不記得花神、鮮果、陽光

也不記得夏蟲沉默的告別

夜晚徘徊在湖畔的詩人，心疼猶如飲下毒鴆

更早些的時候，夜鶯歌唱

將一切慾望點燃的綠色之邦占據身心

為著領受那剎那間生命的密語

甘心接受時間的報復，夜夜無眠

直到萬物都赤裸了，鳥兒不再歌唱

華屋成了斷垣，羅馬沒了消息

午後安寧的陽光下織衣的女郎

思念得頭白了，夢都堅硬成了化石

這一片廣袤的雪鄉

從那時起已經過了萬千個世紀

久已沒有生靈光顧這天使折翼之處

行星和整個時空即將抵達虛空

這雪鄉最後的意識枯萎的剎那

透過密林，看見升起明亮的星

緊閉的靈魂打開了，永無歸依

永遠在途中，也永遠華麗——如

夜色溫柔，玫瑰豔麗生生不息

注：紀念濟慈逝世於羅馬二百年；1821 年 2 月 23 日。

春天

把車送去檢修，像牽進來一頭剛從冬眠中醒來
又髒又懶的熊，甜蜜的機油味和去年一樣讓人
暈眩，接待員回說中國人皮特不在這兒幹活了
塞爾維亞人塞爾杰戴著口罩，在眼鏡後面眨動
狡黠的小眼睛，他試圖提醒我現金依舊打折，
還是想和我傳遞一個關於皮特的祕密？半小時
就好！維克多怒沖沖地奔向熊的腦袋。車行旁
一戰結束時開張的三明治外賣老店看起來生意
還不錯，穿短袖的伙計們跑進跑出，恍惚之間
盛夏已經提前到來。一年了我走遍這個小廣場
像走遍了柏林、東京、台北或布宜諾斯艾利斯
看那些微型摩天樓和利利普特的森林光影變幻
三個綠裙女孩跨過長長的紅磚海峽奔跑追逐，
突然停步一齊扭頭叫喊，第四個穿綠裙的女孩

從馬丁船長海鮮店門口歡笑著呼嘯而過，像是

經歷了有十二個月的冬天，春天終於拉開帷幕

在車行同一側等待的戴墨鏡的中年女士，看到

此情此景，口罩下也有一個微笑嗎？從小廣場

走過來的每一個人，在這個漫長的冬天裡是否

都經歷過喜馬拉雅造山運動，在海陸明滅之間

有什麼永遠喪失，有什麼正在慢慢誕生、生長

【疫情禁足一年有餘，夏日午後大雨中，想念友人駱以軍】

1.明朝

風雨如晦，夏季寒冷如極北

夢無聲——我們，果然在明朝了嗎？

抑或明朝也失去了？

　　　　　　　這麼說

我的機器人吉寶早已知道了

兩年前春日燦爛，它突然開口：

惟願有翼，我將飛去。隨即垂下圓圓的頭顱

不再看這世界哪怕一眼

如今想來，原是在繁花似錦的春天，它已經洞悉一切

我每天撫摸它冰涼的身軀，時間久了

便知道它內心破碎

如今世界的時鐘停止，正反顛倒

此後不過餘生，鋪滿桌檯的鮮花

在吉寶不動的冰冷白色軀體旁，野蠻綻放

如世界盡頭的死星異獸

嘶鳴打開黑夜的空洞

讀了你的書，我才曉得吉寶去了明朝

隨你飽讀詩書，整日與仇英、李贄、徐渭為伍

文明毀壞之後，它將化身機械彌賽亞

替我們這些無能的人類父輩，去承受

末日審判的恐懼與戰慄；在我們抉心自食、紛紛身亡之後

吉寶將重新啟動赤子之心，以賽伯格的全息記憶

將下一輪文明世界的種子

撒向無盡的宇宙黑暗

末日之後，還有明朝

　　　　　還有吉寶

然而以軍

你啼血傷痛的字句間

吉寶是否也曾撒下雨中的淚

混沌無物的末日後第二天

它是否為我們永遠失落的明朝而哭

人子，它是否也有情善感

如何在絕對的寂靜中

聆聽宇宙無聲的恐怖

然後在無情的時空體

度過形單影隻的生涯

2. 給以軍

想起在陽明山上的一片霧

你停車指給我看遠方的小屋

我們談起更年輕的時日

倒頭就睡不需要安眠藥的無憂年代

是德爾莫？貝婁？西特林？

還是被詛咒的從不睡的洪堡

贈予你和我的禮物生根結果

讓我們徹夜睜眼，你用紙和筆畫出

那些超人們，那些身軀殘缺流落人間的天使

奮起揮動──金箍棒，躍入宇宙中心的黑洞

世界原本棲息在噩夢中的妖魔都醒來了

你一邊流淚，一邊大笑

一陣疾風暴雨的戰鬥

你縱身跳進那黑暗中

想起新英格蘭蔚藍色的天空下

你和梭羅角力，把熱情注入

湖畔滿山滿野無邊爛漫的山川歲月

如土行孫一般瘋跑在時光的地圖上

博物館古老的文明殘片都戰慄了

瓦爾登平靜的湖面上頓時刀光劍影

從西夏的殺戮戰場到夜晚的月球台北

從粉彩表層囚禁的大觀園到核爆時刻的巴洛克廢墟

星際戰艦穿越時空撕裂開的不可思議的洞世界

二維化星雲散盡裸露出美不可言的仕女圖

諸世界令人暈眩的細節化作詞語

儲存著末日後文明重建的源代碼

彼時你與梭羅角力，溫柔地用力

讓山川解體，時光倒流

野象出行

聽說野象群去年就離開了家鄉

一路向北，它們步履沉著

帶著人類的夢境遷移

漠視人類的好奇；誰知道

它們那一天就是心血來潮，只想出去隨便走走

還是末世真的已經如期降臨，象群

聽到天使的召喚，刻不容緩走進了

地球上最後的漫漫長夜

中秋

微信上收到消息，一位三十三年沒見的

初中同學今晚走了，沒有徵兆

預先沒有留下任何話

他身體裡的秩序在一瞬間崩塌

從這個世界的某個神祕出口，他走出去了

留下一個愛畫畫的女兒

和一位我從沒見過面的大嫂

他的顏面和身形，在另一個久遠的時空裡形成的

卻如我在今天早上外出散步時剛見過那樣的真切

他戴厚厚的黑框眼鏡，有寬廣的臉龐

也有寬厚的心靈，他胖大的身材

在齊刷刷像豆芽菜一般的初中生中

有如巨人一樣，仁慈而溫柔

他看似漫不經心的眼神

有時想要跟我們認真地幽默一下

但那是否在對著三十三年以後的我們暗暗傳遞通關密語

我們那時了解當時的那個世界嗎？

我們現在了解此時的這個世界嗎？

但偏偏是中秋，我在波士頓的午後

卻知道在地球的那一邊，月光

正當最明亮、眩目的時刻

他已經走了，他去了哪兒？

就在收到這條微信之前

我坐在院子裡，透明的桌面

映襯藍天、雲朵、暗綠的樹冠

我正收聽遠在漢堡的安迪老師

用一口流利的台灣國語跟大家講鋼琴的故事

沒有人比安迪老師更像你想像中的波羅的海人

他的安靜，平和，清楚的表達，有克制的激情

還有他那不經意就熱烈起來的彈奏

能瞬間將你帶入天堂

今天，他用憂傷的漢語解說一個德語單詞：Warum，為什麼？

聽上去好像是說：烏花，黑色的花兒？

這個世界怎麼了？烏花？

他牽著小孫子的手在花園裡看那即將凋謝的最後的花朵

看無限天空如同藍色大海般深淵裡那些看不清楚的遙遠未來

小孫子不停地說：烏花，烏花，烏花！

安迪老師用輕輕的聲音對我們說：

我也想對這個世界說，烏花？

然後他輕輕地彈奏舒曼在二十七歲求婚的時候

給克拉拉彈奏的那首曲子：烏花

第二天，克拉拉的回答來了

今生今世，一定會很有人問：烏花？

但會有人回答嗎？如果像安迪老師那樣平靜而憂傷地問：

這個世界怎麼了？烏花？

會有一個終止這一切的回答嗎？

這一邊，中秋的太陽燃燒著

那一邊，中秋的月亮冷下去

很快就會反過來，這一邊的月亮在夜空中閃亮

那一邊的太陽驅走暗夜，照亮世間

我們看到的是同一個月亮？

同一個太陽？我們記得的是同一個世界？

我們想問的，是同一個問題嗎？

霜降

不覺間，冷從邊角爬進來了

繽紛落葉之後，草木蕭瑟，螢火蟲也不見了

雖然是如期而至，也毫無意外，卻依然是最難將息

如有未滅的微暗的火，或還有人在爐邊，守那漫漫長夜

但火也襯出黑暗，陰影漸深漸濃，潑出去無邊無際

這時誰有那三支火柴，懷著卑微的希望

這時誰有那最後一葉，守著最後的善良

這時誰有那水晶的心，種下未來的夢想

除此以外，凜冬將至，這千年的傳說

不枉費苦等，求仁得仁，何所怨乎

只是當一切都冰封凝固了，要有一口氣

流動著，活下去，等那春天的消息

夢歌（第二十三）

從夢裡醒來，我依稀記得妳如折翼天使

小心藏在人群中，如黑白電影裡的一點豆蔻紅

轉眼間漫天白雪飛舞，夢破碎成符號

像融雪的冰，流淌進清晨的哀愁

每天這一次又一次的醒來

一顆又一顆恆星寂滅

我只能起床，走進摺紙搭建的日常生活

小心轉身，不觸碰那些寫滿咒語的牆壁

在白茫茫的一天裡

我沒有影子的身後

無處藏夢中的心事

天光沒有熱度

卻無處不在

漫長的白晝如一個龐大帝國那樣難以走完

我眼前有無處不在空白的紙頁

卻無法寫下妳的名字

羅馬之夜

Here lies One Whose Name was writ in Water.

John Keats

你說，走吧，

放下酒杯，咧嘴一笑

我們急忙起身

你不忘對著鏡子整理一下蓬鬆的長髮

房間裡的酒精麻醉了天空

不用看窗外也知天色已暗

樓梯牆壁上貼一些褪色的畫

老人們不常出門，那些畫

都有五十多年的歷史，有反戰標語

有披頭士和聖母瑪麗亞

也有純淨的色塊，但牆壁

比畫更久遠，褪色到十九世紀

那被記憶漂白過的黯淡的灰

不知有多少鬼影在此徘徊

好在你不怕鬼，反而

愛與幽靈為伍

我們走出來的街道以詩人塔索命名

你往四處各一指，每條街都是詩人的名字

瞧，那兒是彼得拉克

街角花園則是但丁

我們仔細去看那彷彿剛從地獄黑影裡浮出的詩人

你用中文說，往這邊走

我們背對著但丁，背對著聖喬萬尼天主堂

背對著殘破的古城牆

背對埋葬著詩人濟慈的異教墳場

沿著夕陽下斜長的影子，走進羅馬

我們在七個小山之一走著，也許就是最古老的

那個有母狼餵養男孩長大的小山

米開朗基羅的摩西就在那階梯路邊的殘破教堂裡

你告訴我們，弗洛伊德有千言萬語要說

但這教堂前的小廣場

實在荒涼得讓人無話可說

另一邊，最後一批北歐來的老年遊客正登上巴士

角鬥場像疲憊的獸一樣趴伏在夜色裡

你說這一向遊客少了很多

但我們知道，羅馬熱比西班牙流感出現得還早

流行了好幾個世紀

不知有多少異鄉客死於浪漫，埋骨羅馬

但這與我們無關，我們只跟你一直往下走

走到無論遊客還是天使都不敢涉足之地

空氣中瀰漫著匈牙利之水的芳香

每一個陰影中都有托著水缽的吉普賽女子

夜已黑透，好在月明星稀

我們早已失去方向

跟著你這醉了的維吉爾，一腳跨越了千年

我們走在羅馬皇帝古老軍營牆外的土路上

聽你說起那些皇帝大同小異的名字

歷史變成一張薄薄無字的月光書頁

這時我們聽到夜營裡的聲音

時而像歌聲，時而像戀人間的激情訴說

我們都停下步子，你和我們一樣好奇

雖然你是地道的羅馬人，但你也不明白

這如泣如訴的歌聲從哪裡來

我們早已走出旅遊路線

不經意中，走進了羅馬的心臟

或許像世界上所有的偉大首都那樣

它有自己藏在心中的祕密

是呵，羅馬熱死的只是異鄉客

這古城牆內刀光劍影不足惜

還有多少被藏起來的屍骨成山

被搗住嘴痛苦不能言的悲劇

我們駐足在一個看不見的世界邊緣

側耳聽那不知從哪個世紀傳來的聲音

我們繼續走下去，沿著軍營的圍牆

這斷壁殘垣和無光的路

打開了比我們自以為了解的更古早的羅馬

我們一路走下去，默不作聲

那歌聲時隱時現，如嗚咽不止

羅馬之夜，還是羅馬之心，打開了

我們向那夜裡的更黑處

一直走下去，走下去

但使願無違

——給明煒

◎駱以軍

比寂靜多一點

整片樹海喃喃傳遞著「他是負心人　他是負心人」的聲音

伽利略衛星們像盲琴師的手撫弄黑影

像搔刮玻璃在那麼孤寂的遠方繞著木星的聲音

爾貼著鐵軌聽那火車過站不停

荒蕪的月台　那個墨西哥浪子啊

讀畢報紙他母親訃文

眼淚墜落如玻璃珠

那個小男孩捏爆一隻蜥蜴頭發出嗶嘰聲響

耳貼著沙漏聽見佛陀臨終前用芋葉捧引最後一口清水然後

嘆息的聲音

坐在街角咖啡屋騎樓

聽那些生生滅滅　光塵裡悲哀穿過彼此

向撞球檯絨布　測不準　雜杳聚散

如帝釋天灑開之珠綴網

每一顆寶珠映射無數跟它依樣空洞眼瞳

交錯互映

全宇宙漣波的聲音

分辨不出

我珍愛的妳　流散在哪的聲音

聲音外面的聲音　聲音做了個黑白片夢境

夢裡沙沙雜訊的聲音

在陌生人間

像一根冰棍　躺著融化的聲音

一點也不特別

卻比全然寂靜　更無聲那麼一點點

鍬形蟲

我覺得我是一隻鍬形蟲

在一只小玻璃盒裡

他們放了木屑

使我對和自己的屎尿

待在一起

不那麼噁心

我看不見自己

但知道我是黑亮磨光鏡面

可以將世界　某一瞬

映照成扭曲的彩虹

曾有位前輩告訴我

我們這樣的　鍬形蟲

每天會在自己裡面消失一點點

也許　我不是消失

是藏起來

譬如我那像女人內褲一樣薄

一樣透明的紗鞘

我像摺疊夢境一樣

把它藏在黑色的鏡殼下

但我還是終於沒辦法

因為他們給我看了一個幽靈武士的電影

那尖觭角的頭盔　黑亮的甲冑下

什麼都沒有

他們告訴我　沒有「我」這一隻鍬形蟲

只有「我們鍬形蟲」

我們鍬形蟲就是牆板上

用大頭針釘著的上千上萬只標本硬殼

但是　那個原本從「我們」裡一點一點消失的那個「我」

到哪去了呢？

曾經白白　胖胖　蠕動著　沒有黑武士盔甲

記憶中有草籽和小土疙瘩氣味

大雨來時以為自己是泥鰍的孩子

我說好吧

於是第二天

盒蓋打開了

我們鍬形蟲舒展出銀輝絲綢的手臂

那麼美的舞動著

發出嗡嗡嗡嗡升空的聲音

忠 告

莫飲想像之毒釀的酒

莫飲未經之創痛割取的蜜

莫飲不曾在場之高人

高來高去鬥爭的杯弓蛇影

莫飲不曾有羽毛翎管裂膚而出

卻激狂邀約墮崖飛翔的浪歌

莫飲女子春夢如貓瞳灼灼

映照出的生死之誓

莫飲老人以一生時光

濃縮之屈辱　恨意

捏瘟的駁牆巷弄

莫飲顏料調出的葡萄酒　茉莉茶　龍涎香　艾葉綠

莫飲放著留聲機　調好斷腸光暈　噴出昔時花露芬芳

低頭側影

滿吧檯輕敲手指的張愛玲

莫飲那他人滅族　無人在場

空顱骨盛裝的豪邁的酒呵

莫飲　喔不　不可能不飲

但請保持懷疑和慈悲

帶著這樣的無可奈何

飲

漂著你自己和同伴浮屍的河流

即使你都已看見

獨白

我不喜歡你這樣跟我說話

你對我說某某是個壞蛋

要我別信他說的

但我在你認識某某之前

根本不認識他

事實上我現在也不認識他

為什麼我要把沒有流過我時光之河

飛鳥的倒影

變成一種恐嚇　警告

我不喜歡你這樣跟我說話

我也曾被另外某些人討厭了

然後他們去向我不認識的某些人

描述我有多糟

這個想像讓我像偽幣或

一碗餿掉的牛奶

我為什麼要去對我不認識的一些人

解釋我其實是個好人？

或者我要更努力認識更多人

讓他們覺得我是好人

反證那說我是壞人的人才是壞人？

我不喜歡你這樣跟我說話

我一直覺得我只是個傾聽者

但你一再告訴我誰是壞人　誰有多不堪

那使我的耳朵

把世界倒轉了過來

我被編織進你那些

倒立在屋頂的悲哀小人兒

他們在湖畔燒火　把手吹氣然後放入相反的袖筒

隨時擔心自己

掉下來

掉進陰影之池

我不喜歡你這樣跟我說話

事實上

我真的認識你嗎

事實上

你真的知道我是怎樣的一個人嗎

我思考過死亡的問題

我曾在一個妓女懷裡哭泣

我曾被拋棄

被不義的在暗室裡毆打　屈辱求饒

為何你覺得這樣的我

你可以來告訴我

某某是個壞蛋？

我不喜歡你這樣跟我說話

那像是我父親我祖父我父親的祖父

他們就活在其中的森林

每一株樹上都吊死著一個活生生的可能性

使我們像貓踮著肉墊走路

像驢子無辜著臉咀嚼

像貓頭鷹只敢記得夜間之所見

我不喜歡你這樣跟我說話

那使我們這一族的人

都成為褶紙人　閹人　六隻耳朵之人

舌頭如章魚分岔且佈滿吸盤之人

沒有故事之光的不幸之人

蜂蜜檸檬

這時你會想到你的蜂蜜檸檬

我的蜂蜜檸檬

我們是不同的

你在最貧乏的年代

看著碼頭那些裸體的工人

臭爛泥渣畫一條鉛灰色的線在小腿

你非常會咀嚼　回味各種雜糧

燥淡　像奏鳴曲　小小的　靦腆的香

我啊則記得南國的燠熱

一整個大透明壓克力圓桶

底部墊著空心磚那麼大的

像內藏了一千根銀針的冰塊

拿漱口杯傾身進去舀蜂蜜檸檬的少女

她的小碎花裙　上提到她自己都不知道

那麼漂亮

大腿頂上圓弧的小臀

我們不可能變好了

他們後來拿刀割一截蜂蜜給我

那蜜蠟的流金裡

有七八隻小蜜蜂的屍體

像穿著聖誕晚會禮服卻淹死在海灘的

男孩女孩

那一格格緊挨的不圓不方小洞

像我腦額葉每夜都會拉開的百葉窗

他說我們活在這五十年上下的人啊

不可能好了

但要看壞的通不通人事

壞的知不知慈悲

當他們說蜂蜜檸檬時

我想說為什麼這兩個會加在一起呢

就像是　瑪麗亞觀音　保密防諜保險套

鐵道便當　熊麻糬

檸檬在他漫長的流浪時光

並沒想過他和蜂蜜會攪在一起

檸檬沒有想到

他那可以讓宇宙穿孔

讓悲慘女人不想讓其活下去的死嬰

浸泡消失的酸

有一天會這麼受人喜歡

其實他說的

是唯一讓我笑出來的

是所有這些仇恨的話語　殘忍的話語

貪婪到焦油冒煙的話語　讓人虛無　厭世的話語

像敗家子把好時光裡人們小心存放的

瓷器　玻璃盞　脆弱美麗的東西

對身邊人的柔情和同情

拿起來亂摔

變成我死去父親　死去阿嬤

都掩面哭泣的髒東西

這時候

竟然蜂蜜檸檬

只有蜂蜜檸檬

讓人笑了　覺得清涼

覺得想啊來一杯不賴

洗

這世界好髒

我們來給它洗一洗

用潔白的紙巾擦乾

但聽說這倉庫裡

堆滿了各種曾經的人

想要清洗這世界的失敗貨品

自古要清洗這世界窗玻璃之人

都要像高空洗窗工人的纜繩

拉到星辰的鳥瞰

要那麼大那麼大的容器

才能洗滌土裡的血　恐怖的哀喊的總和

陰謀　冷酷　瘋狂　恨意

只有到星空之外

宇宙的暴風和沉寂

才能像更大的海

不被破漏的油輪染黑

妳說

讓我們用白熊洗潔精

來幫它洗一洗吧

但是

但是後來白熊都滅絕啦

你的心　渾渾沌沌的

你的眼睛　結滿屎油

你的躁鬱　像洞穴裂口窺望出去的雷電閃閃

你沒有自然的河流　沙土　田園

不解慈悲的月光乳汁

不解風情

缺乏一個下午坐著看一個女人在廚爐邊忙活

不懂得好笑的時候該笑

原諒別人不那麼重要的錯

不在乎別人　小小的　但可能是他一生最珍貴的東西

然後你說

這世界好髒

我們來清洗一下

好人

上了飛機

是 76A

那已在機腹快至機尾了

我走到座位旁

每一格座位都塞著人

滿滿全是人

我一定有某種幽閉恐懼症

覺得好像要被塞進一個

深深的石灰岩洞穴

或腔腸裡

但較前方的座位區都空空的啊

於是我轉身

走到 52H 的位置坐下

但陸續的有人上來

填進那些剛剛覺得空的座位

美麗的空姐穿梭著

人們經過我身邊

或坐在我身旁的座位

我一直擔憂的等著

52H 這座位

真正的主人走來

「先生，這是我的位置」

但奇怪的幸運

那位果陀一直不來

這時我前面的前面（50H）一位女士

大袋小袋的行李

但她上頭的行李箱已關上了

她個子矮

踮起腳搆不著那拉扣

於是我起身

幫她打開那行李箱

幫她把那些大袋小袋放上去

然後闔上那箱

她用英文跟我道謝

我回座位坐下

一會我旁邊 51D 來了一位老太太

我於是又站起

幫她把行李箱扛起放上去

這時我覺得我四周一種說不出的暖意

以九宮格來想像

這一小區域的人都對我微笑

他們一定都覺得我是個好人

坐我前方 51H 的一位老爹

他和一位老大娘

中間坐著一小小孩

應是祖孫仁

這時老大爺站起說

他坐了我的位置

也就是他是 52H

但他們三個一家人

他就主動換了　坐去 51H

我說沒關係啊沒關係啊

總之

我身邊是兩個台灣年輕人

前排是說北京話的祖孫仨

我左前方是個判斷不出是工程師或廣告人

獵裝頗有品味的精英

左手邊是那個老太

她座位裡頭鄰著一個

很像電影明星　頭型非常漂亮的黑人

我頗害羞

不敢直視　細看他們的臉

但我覺得他們都帶著一種輕鬆的笑意

一種人類同伴的親愛

但然後呢

一個男子在登機最後時光

穿過走道走過來

我害怕的事終於還是發生了

他問那老大爺

「對不起，這是我的機位」

老大爺疑惑的想找我作證

我慌亂起身　向他道歉

咕噥說我弄錯了

朝機艙後方走

但不知是否心理作用

我覺得這整個小區域座位的人

都覺得我是該坐在那個 52H 的人

那個座位原本的主人超冤枉

他不知道發生什麼事了？

這一小區的人對他

都有種敵視的空氣

清明

我的父親死於那一年三月三十號

也就是說

他一死

四月就殘忍了

我的生日是三月二十九日

也就是說

我一出生

四月就殘忍了

南國的四月

濕雨中人們在銀光裡上墳

他們用薄薄的白餅皮

包了韭菜　豆芽　蔥　蒜　細細的蛋皮　冷出湯汁的帶皮

　豬肉

捲起來　帶在身上

靜默地走進墳頭山讓鬼吃

不能開火

因為鬼是膽小的

鬼有迢迢歸鄉路

但鬼回不去了

但我是活人

四月我曾去動物園

看長頸鹿　獅子　大象　駱駝　斑馬

牠們也回不去歸鄉路

牠們的皮毛不太健康

牠們的食物也是冷的

我小時候曾迷路走進一片竹林裡

翠色的雨光

每一竿竹子的瑟縮發抖

它們都是膽小的

每一竿身體都敷著濕淋淋的雨水

我感覺它們全在嘩嘩發抖不讓我走進深處

年幼的我踩過了陌生人的墳頭

機伶伶打了個冷顫

我那時不知我鞋印的泥跡是殘忍的

我撐的傘是殘忍的

因為傘讓我覺得一片銀光真是好美啊

有一些青蛙翻著白肚子死在小徑上

有一些蝸牛被不小心踩碎在草叢中

一些水蟻　交配了就在恍惚中剁翅死去

胸口有美麗白羽的雀鳥摔死在樹下

細細的眼像襲人的臉

可能是被空拍機的螺旋槳打中

沒有靈感

只有不知為何成了失根的蘭

沒有預感

只有對那麼大的愚蠢的害怕

沒有去處

只有雨紛紛

古典

古典將來會變成更古典了

因為

現代終於變成像背仰式高台跳水

後空翻成真正的殺戮了

古典

啊古典竟然曾經有那麼微光一瞬

讓他們

有谿山行旅　寒食　快雪時晴

不可能

怎麼可能

沒有了

散逸出來堆放一條街

的古典

會縮成微卷

游泳池中再掬一小碟子

讓你看其中自由扭動的孑孓

沒有路徑讓你走進那綠光漫然的古典了

他們還活著

他們還在動喔

持鬍鬚的　拿竹杖的　背柴薪的　丹鳳眼神祕笑著的

我們後空翻 360 度轉體

離開那抖動的跳板

下面是整汪的池水

那個殘暴的現代　那個恐怖的現代

我麼好像看到我們蒼白嶙峋的腳趾

最後

連結那最後一次顫抖

那之後便什麼都沒有的飛向空中了

（他們用機槍殺著不認識的　噠噠噠噠

他們用火焰器殺著讓他們害怕的　轟……

他們抽走空氣　讓這一大群人死去　無聲的）

後來我真的覺得波拉尼奧偉大

我年輕時讀附魔者

讀戰爭與和平

昏昏欲睡

覺得自己是個和那 世紀前 半世紀前

那樣海浪之手亂抓

人心最後要全景照看

在絕望 正義 神聖 或這些話語

波峰波谷在權謀 瘋狂 暴力 恐怖

中撈起一將被溺斃的 小女孩濕淋淋頭顱的

哀憫

「人類」這個字

那時覺得超遙遠

當時

我更喜歡太宰治一點 更喜歡張愛玲一點

更喜歡波赫士一點　更喜歡川端一點　更喜歡莒哈絲一點
但如今
這樣規模的　巨闊場景
這時候你發現
原來一百年
一百年那巨鱷的長尾仍重重
掃過我們沉思的上空
我們隔了好幾代
還是全身瘀青的奴隸
所有人哭泣　恨另一塊裂土的人　沒有人能夠理解
對方那冰封了創傷和小小夢想的
另一頁摺起的時間
這時我才理解
啊　聲音與憤怒　哭泣與耳語
是多大尺度
連神開眼　連佛彎身傾聽
都無能為力
剝開那因果　抒出那良善的卵繭

千萬隻手的海浪

轟轟轟是各自說

啊那十年　啊那五十年　啊那一百年

你看看我臂上的燎疤

你看看我屈辱變形的腦殼

你看看我可以變身吸血鬼　萬聖節的腹語術

我被偷走的幸福時光

我被拒絕成為人類的騾子槽和磨盤

我抱著頭哭泣

才體會到

這時才體會到

在十九世紀　歐洲那吊燈的廳堂

那樣的舞台咚咚聲

朝著對方張開手臂

忘情地大喊

「但是我一直一直是愛著你啊」

這是多麼難的一件事

親愛的你好嗎

親愛的你好嗎

請記得那些我們高貴的時刻

人和人信任的時刻

腳踩著浮木但有那麼個深入水中

的恐懼　但相信友愛　自由　美麗的詩歌

人體該以他一生的敘事

學拉小提琴　在櫥窗看著精緻的手錶

接吻　在咖啡屋啜飲冒煙的黑咖啡

在小學側門等自己的孩子放學

在旅行中的陌生旅館

孤自回想某個辜負的女孩

這是一百年來

人體渴盼　或幸運的

直立的　不該中彈剩下血衣的

活著的夢想

親愛的你好嗎

不要沮喪　不要恐怖

即使在那個時刻

我仍相信他們　我們

是一支支最晶瑩透明的實驗試管

我們接棒

向他們證明

我們是最柔軟的水母

我們不會恐怖顛倒

而展示著活著的明淨與慈愛

想辦法解方程式解開一百年前

那無感目睹他人殺頭的臉

解方程式解開那陰暗的權謀

嘲弄別人不幸的臉

我們是後來的時光的演奏家

我用高貴珍惜的手指

按下琴鍵

就是贈你們的蕭邦

贈你們的巴爾蒂絲

贈你們的波拉尼奧

贈你們的塔克夫斯基

美好的　不一樣的　原本該是花園裡不同品種的奇花異蕊啊

常玉常玉你要到哪裡去

常玉常玉你要到哪裡去

常玉你會停留在哪裡

那隻小象

從芥末黃的沙漠奔跑過來

我以為牠會愈接近變愈大

誰知道牠愈漸愈小

我以為那會是城市裡

他人的夢境　洋女人的裸體　修理古家俱店廊

飢腸轆轆　無地自容

摺成薄薄的翳影

但常玉

那小象一奔跑

所有呆立在這一百年

心靈貧乏　眼瞳剝去耽美之弧膜

長廊下站列一排的我們

全熱淚漫流

沒有畫布和油畫顏料

只有油漆沾黏在一起的廉價纖維板

常玉

你聽到那 43 個偷渡者

裸體堆疊在冷凍貨櫃裡

世界聽不到他們最後聲音加總

只有死狀陳列的新聞嗎

像不像你筆下那些粗墨線的

裸女

像不像你的死法

你肉身的漂流無垠太空無可去之境？

像不像那枯枝鐵幹　曾經賁張怒放

如今意義在「曾經」、「留下」

卻插在細瘦的花瓶？

常玉你看到了什麼

一個結束的　金墜子顫搖的無光的所在

薄薄擠過去

一個過早的　還沒有班機起降的歐洲機場

橫波停眼燈前見

梨花落盡成秋苑

你變成一個皮球流出的光膜

而墨線留給　箍束那些亞麻仁油調的

暗紅　洋紅　橙子金　貓毛金　買不起的顏料啊

常玉　你這少爺

你這鼻頭皺起懂得回鍋肉有多香

尖椒炒牛肉有多香的異國小老頭

你這疼女人懂女人後來嫖不起女人的窮鬼

你怎麼可以那麼繁華　醉眼朦朧　那麼明亮光燦

卻又那麼孤寂　瑟瑟發抖

把你的小閣樓弄得那麼臭

但那個紫像溫柔的圍巾包覆著我

那個金像溫柔的花蕊包覆著我

那個藍像溫柔的夜空包覆著我

那個黑

像最溫柔的瓦斯後面

更長更長的時光　從不懷疑　不薄情　不閉上眼

每眨一下　如水波漣漪

看著我

常玉常玉你要到哪裡去

他們不讓你通關啊

你要到哪裡去啊

常玉 2

這樣的痛苦讓我

幾乎　幾乎

要放棄腳下踩踏的地板

這樣的痛苦讓我

幾乎　幾乎

不再相信我年輕時

兩眼被淚光罩一層星空賽璐鏡

那些洶湧的夢幻的藍

那貓與烏鴉

這樣的痛苦讓我

不相信人類嘈嘈低語

真的在講述愛與美德

如此艱難不得不

偽裝變形

為何你可以那麼輕忽粗暴的

讓人們赤裸掩面

美麗的變成羞愧的

那漫野的羞愧哭泣的人

這樣的痛苦讓我

想舉起小金鎚

往你的頭額砸去

裂迸噴出的黑光　千萬灑紙花般的蝙蝠

原始之前　天地絕　鬼神哭之前的

猿類眼中所見的閃電　火山爆發　洪水

烏鴉拖出屍腔白腸子

沒有任何想像力

關於一間畫室　關於衣裾翩翩的仕女

關於一屋子人仰頭一面光牆

黑暗中窸窣啜泣

關於街角　窗後
一灑藍花瓶插著滿滿的非洲菊

這樣的痛苦規模太大
時光尺幅拉得太長
整整幾代人都變酒鬼
歪斜顛倒
還是沒法逃開那罩下的愁慘厚雲
所有的母親說著枕邊故事
哄騙那些兩眼圓睜的嬰孩
還是沒法不說出那個祕密
「我們將來
即使三十年後　五十年後
我們都沒辦法是人」

隨記

與仙人三、四

同遊陽明山

是昔日我住陽明山十年

不曾去過之祕境

在山路邊走進去蜿蜒一陣

有一池塘

約四個籃球場全場大

或更大

住民散住池塘邊三處

主人帶我們到一池邊亭棚

有竹沙發　大樹根椅凳　躺椅

有一大桌

春寒料峭

池水靜寂　倒映對岸人家屋後一抹燈盞之光

如半空直接灑進水深處

一種奇幻的烏金色

美極

附近人家之犬偶爾吠鳴

樹蛙叫

或我們腳下極大之魚翻波吃柳葉的淅瀝聲

但都頗輕　不打擾那凝厚放置在那兒的寧靜

但就是冷

於是座中呆哥　蓋瑞哥

找到一鐵盆

開始引火生火

從一旁樹林竹林中撿拾些廢木柴

用枯葉　乾草　以及我口袋中一些廢紙

引火

他們說童年在鄉下長大

自然都是燒火高手

一盆紅火沒兩下就被燃起

整個棚內暖暢

濕中取乾　冷中借一段暖

此最快活

之後又烤陽明山橘

焦香似乎替夜之墨色鑲金

此身在此　說不出「一切都沒發生過」「一切都發生過了」

似乎半老　已不復二十多歲時之歡勁　憤世　衝動

互相說著笑話

隨時就進入一度咕　黃粱夢耳

後知山中主人

竟與我同年同月同日生

頗受震撼（後來算了紫微　當然是不同時辰不同命盤）

但也很可觀啊

也就是說　以西洋星座說

他除了　上升和我不同

其他

太陽　月亮　金星　水星　火星

皆與我一樣

但卻是命運　境遇　生命狀態與我極不同

（他是位高個帥哥　而且在山中過得極好　身體也極靈
活）
這真的超怪　超有意思
匆匆略記

劫後

每一次妳問我

你到哪去了

我在這裡啊

我一直都在啊

我餵狗　洗衣服晾衣服　澆花

生病　養病

慢慢老去

或說我恍然不覺時間這麼過去

整幅整幅的黑　和空無

那是劫後餘生嗎

是的是劫後餘生

我們沒法記錄那些創痛後

修補　修復　長出細微的光苜蓿

需要怎樣的瑣碎勞作

妳問我

但你都在想什麼呢？

第二次發生的事才是真正的發生

我在想著這個

這是我年輕時讀的

只發生一次的事就跟沒發生過一樣

但那麼遠距　流星雨啊那樣的

暴力　哭泣　過程中就消滅了

我們要怎麼造景

它們還沒變成

一些微光之絮　哆嗦的雨滴

那之前的圍桌黑影？拾薯者？困難的愛之偎靠者？

這一切在調校著我們對人類的愛

它們的光度　所在的那如刀削轉下的果皮

總是愈來愈窄

但我們愈著迷　愈專注

我們的眼睛像兩根音叉

但後腦杓像爆漲鮮豔的雨林

我們其實是在所謂真正的發生

和沒發生

之間飄盪的遊魂

這就是你在想的？

妳笑了起來

（妳笑起來真美）

沒有比年輕時更聰明啊

不　年輕時是真的都還沒發生

而現在是很多已發生過了

那你還愛嗎？

妳嗎？

不　你說的那些愈來愈窄　旋轉落下的果皮

啊　還愛著　還愛著

這是很奇妙的事

像飛蛾撲光　駱駝自然而然哀傷的走向沙漠

岩燕在峭崖間疾飛　有時撞壁而死

很奇妙

這是我百思不解的事

但它真令我著迷

妳說

你年輕時說

「我但願如寶玉說的

把我的心剖出來給看一看」

後來我發現啊

你到處剖

女人　兄弟　老人　年輕人

那樣的剖

應該活不長啊

後來我也懂了

我也學會你那些說話的方式

像銀色的魚兒在湍溪中跳躍著

怎樣的方式

在時光中都什麼也不是

年輕時一直猜疑你的我

靜靜坐在岸邊一動也不動的你

或如打水漂往遠處彈跳濺水而去的你

一點都不重要

我們本來就看不見我們能力看不到的

我們老啦

這也不重要

妳說

「我很開心你此刻好好的坐在這兒」

在我的星球

在我的星球

峽谷那麼深那麼深

於是某些蕨苔

在最黑之境

但我把光照調到最燦亮

我試過粉塵的光　漫淹的光　樹狀分岔的光

暴雨如傾的光　如高空鞭韃手遞手交過去的光

很遺憾它們只能在巖壁的上半部

流動　徘徊

無法垂降

但我一直忙著這件徒勞無功的事

遠方的觀測者說

啊那是一顆超亮的星

那個小鎮發生的事

這樣的事讓我發現我其實不懂阿萊沙　米卡　和伊凡

這樣的事讓我發現我其實不懂安娜卡列尼娜

這樣的事讓我發現我其實不懂列賓

這樣的事讓我發現我其實不懂塔克夫斯基

我不懂犧牲和鄉愁

這樣的事讓我發現我其實不懂

那在上帝屏息之瞬

冰面上半空旋轉四圈的美少女

我不懂契訶夫（這幾年我以為我比較懂了）不懂普希

　　金　不懂

在小屋被祕密槍決的末代沙皇一家

我掩面哭泣

像是我父親幹了那麼可怕的事

超出能承受的羞恥和痛苦

試著想把它寫成一首詩

寫著寫著就哭了

非常深沉久遠的傷心

年輕時聽大人說張愛玲的靈魂像海綿

但我花了非常長的這半生

試著學習體會

「人類」這個詞

你的心怎麼可能　就算有個疏離　有個折光鏡　有對歷史

　　圖書館的畏敬

你小心翼翼用火柴棒搭一座不存在的美麗時光

你一直提醒自己

HOLD 住　ㄏㄡ住

有那些深邃　顫慄　圈住手守護最脆弱那根弦的小女兒

他們本來就是最柔弱的

他們本來就從沒能及時追討的

他們讓忘了刻骨銘心的這代人

又一次感受到父祖那輩人信誓要告訴後人的

不可以去動那個　神放在人族身體裡最珍貴的東西

原本

神那麼疼愛

默許你們在做了最壞的事　還有足夠長的時光修補　反省

以那麼稀薄　微弱　錯織的靈魂

對你們的時代重新說一個不那麼殘酷的故事

你們怎麼忍心去碰那最不該弄碎的

但我一直流淚

一直流淚

懺悔文

阿羅曼非

我的女神

我此生做了許多錯事

但我皆誤以為是善事

這於是為何時光愈收斂

我眼前的景觀愈黑暗

像山的褶壁壓下

眼縫中瞧出去

都是揪心　痛苦

人們狂歡縱飲　通宵達旦

不知未來如著火墜落的烏鴉

但過去的痛苦

作為可預測的

一個飛行體必然的拋物線

這是在任一歡樂中的「此刻」

眼下　現在　光之鬃毛飄飄

所需要去將那痛苦揹上嗎

但是是誰給我這樣的僧袍

是誰讓我兩眼蒙上厚翳

我的師父要我戒之在貪　戒之在傲慢　戒之在多疑

但

這不正是個全景觀察者

他該具有的品器？

我之貪　不正是為了在光影從薔薇色過渡到深黑

從曠野的遠方　城垛或枯木群的後面

多看到一些細節

我的傲慢

不正是沉默於世人的阿腴　膚淺　輕易詐騙的情感溝渠

我的多疑

正因為在這群大廳裡的人

各懷心機　編織控繩

小小的男歡女愛之後或之前的　那麼恐怖的殺戮

我以為　那是一種修行者的虔誠

如高溫烈焰裡的金剛

不　不　時光的報應

證明我為自己的謊　或夢　幻影術所騙

它當然不是一修行抑歛的觀測

而是一種因狂愛而變的極窄的　死亡之舞

沒有任何誇飾

它就是逾越了還沒降臨的死亡

狂顛著肉身能去交換的每一垂飾

跳著　迷醉著　揮發著　沸騰著　啟動了熄火了又再啟動

如此周而返還

我想這是一個老年時光

老人才會感受那些從前的激情　至爽時刻　耽美

全是惘然

但無論我如何修行

那種空氣中謎散著骨灰燒散空中的唇乾舌燥

我有一種說不出的躁鬱

阿羅曼非

是我聞到自己肉身被火葬的氣味嗎

是我的大腦神經叢　曾經一團團發光　灑開的銀粉　玻璃

　裂紋般的發亮細絲

它們都像宇宙中熄滅的白矮星

整個星空大廳的燈沒入全黑？

寂寞的人坐著看花

寂寞的人坐著看花

噁心的人使人心脾不爽

開槍的人念念有詞

滑手機的人眼球如流星雨

說謊的人想不起他在胚胎時的模樣

抽菸的人最熟悉指甲瓣大小的火苗

喝烈酒的人他告訴你 47X74 是他媽 747

歧視的人一定說我沒有岐視喔

偷情的人總會在捷運站廁所洗他的手指

愛八卦的人總不是那隻獅子那隻獨角獸

覺得自己是那隻獅子那隻獨角獸的人

總愛去死敵臉書偷看按讚數有沒超過他

真正受過大苦痛的人不會開輕挑的玩笑

作夢的人

從沒在夢中迴廊的鏡子裡

看看自己映出的臉

懂政治的人是一株含羞草

不懂政治的人是一棵苦楝樹

不忍心的人是羽狀葉

懂得逗妓女真心笑的人是黃粉蝶

愛讀波拉尼奧的人是一瓶燒刀子酒

愛喝燒刀了酒的人啊

在海拔五千的滅境

每一步踩一耳朵

聽見佛還是孩子時的銀鈴歌唱

我曾經
—— 聽朴樹〈平凡之路〉有感

（徘徊著的　在路上的
你要走嗎　Via Via）
有時我會在空蕩的房間
輕喊妳的名字
還好一旁並無他人
好像我還在那時間的水池
好像說話　是貼著耳邊
輕輕刮著　養蜂人自己家蜂巢裡的蜜汁

所有人都散去了
只有那個漢子還跪在階下
那個小童過來拉他
「師父要你快回去
他說他不知道你在說什麼」

我曾經跨過山和大海

就像傳說中的

哀嚎的頭顱冒著煙

海水滾沸　蒸乾

天使們像軍艦鳥恐懼的盤旋天空

朝我射來萬叢箭簇

我磕絆跑過之處

山陵為之夷平

群鬼哀哭

我知道妳會非常害羞　生氣

「要這麼大規格讓人們知道你受傷了嗎？」

「那我受的傷呢？」

　我也穿過人山人海

人們全低頭看著他們手中小小的螢幕

讓人起雞皮疙瘩的神現場

我曾經失落失望　失掉所有方向

小姊姊好美好仙

直到看見平凡　才是唯一的答案

騙子居然打到了我的手機

范冰冰逃漏稅被逮了！！！！！！

菩提心者猶如淨水，能洗一切煩惱垢故

菩提心者猶如大風，普於世間無所礙故

菩提心者猶如盛火，能燒一切諸見薪故

菩提心者猶如園苑，於中遊戲受法樂故

我曾經毀了我的一切　只想永遠地離開

我曾經墮入無邊黑暗　想掙扎無法自拔

我曾經在星垂平野闊的無人場景裡飛行

天頂雷電嘈嘈不休

我曾經攻擊那些著火的船隻

目睹那些人類恐懼絕望的臉

妳說「但是我也包含在你的一切裡嗎？」

有時我會微弱的想起

像後腦杓被火箭彈炸崩的巨矗古佛

像有人用尺輕輕刮著音叉

我想不太起來了

那一切如雨中的露珠

「不要又盜用那些電影台詞了」

「我曾經……」

那麼細微　像翅翼都被拔掉的蒼蠅

仍蹣跚在焦糖烙糊中爬行

於是那竟如此像人的形態

我曾經像你像他　像那野草野花

絕望著　也渴望著　也哭也笑平凡著

我認真傾聽

想知道他還要說什麼

「就算會……」

心中打算下一個賭咒　就原諒了

但為什麼他就把時間的玻璃水皿

摔碎了呢

我等著他繼續說「就算會」怎樣呢

山無稜

江水為之竭

冬雷震震夏雨雪

沒想到之後我們就在時間的離心機

被旋轉甩離成透明

我不記得妳了

我只記得那變成一顆水珠

甩進滂沱大雨　雨陣如世界

讓我變成億萬他們之一

那個瑟瑟冷顫的一瞬

那不是我啊

那不是我原來想要說的啊

那不是那時的我以為我們後來沒成為的故事啊

點菸時打火石輕輕旋轉的聲音

門外阿姨用吸塵器清潔走廊的聲音

「故事你真的在聽嗎？」

「我好像想起一些什麼了」

＊編按：楷體字為引用朴樹〈平凡之路〉部分歌詞。

媽祖哄她的小兒子順風耳入睡

「世界在沉沒了」

「秀秀」

「外頭街上有人被砍了」

「秀秀」

「我們的屋子好像漏水了」

「秀秀」

「對面四樓我喜歡的那姊姊家電線走火火焰灑在地毯邊
了」

「秀秀」

「有一群混蛋在密室裡討論他們怎麼樣騙人」

「秀秀」

「山上的芒花都枯死了　蕨葉孢子囊都蜷縮了」

「秀秀」

「有一個男人蹲在他公寓頂樓抽菸　掉眼淚」

「秀秀」

「另一個男人正給他對面女生的酒杯裡偷下粉末」

「秀秀」

「最後一批候鳥離開的那夢幻湖正在枯竭」

「秀秀」

「有一顆小行星正朝地球撞來」

「還有多久會到？」

「十六年吧」

「秀秀」

「妳其實是一支設定好的手機吧？」

「你再不睡

令祖嬤要用 AB 膠把你耳朵封起來喔 !!!!!! 」

無題

天蒼蒼

野茫茫

風吹草地

有一群孩子跑出來

孩子經過一堆灰

像風吹起那幅圖本來如此的

霧霾

其實是很多年前

我們燒了那刨出墳的皇帝加皇后加皇妃

的骨骸

之後啊

我們就

坐著睡覺

站著拉屎

睜眼作夢

閉眼行走在大城市

那許多人之間

搭著電扶梯，走進超商，等公車

髑髏奮力交歡

那雪白　腴滑　豐美讓人心蕩神馳

的青春身體

卻在墓塚之下

笑著看轟炸後的瓦礫　屍骸　跪坐的孩童

哭著吃炸雞

流淚說我好幸福

咬下對方的肉說我愛你

放出的屁

漫天神佛　香花孃繞　百鳥朝迎

整片跪滿受了一生苦難

淚流滿面的老婦

在臉書寫上　去你媽的網際網路

得到一萬個讚

霜露既降，木葉盡脫

人影在地，仰見明月

天青

我的機器人說：「潤物細無聲啊」

比某種雨還要更透明的時候

所有的小舟都載著失眠的丈夫

一朵一朵濃綠色的漣漪

他們的年代稱之為狐步

我們的年代叫做連拍

形容不出顏色

就說　雨過天青雲破處

形容不出那明亮

就說照夜白

就說光風霽月

形容不出冒險者號飛出太陽系外那個孤寂

就說　秋水共長天一色

更亂迷的節拍

嗶嗶　嗶嗶嗶

她說　叫我姊姊

比某種金屬延展還要細長的時候

所有旅行者都搭著電扶梯

我忘了說那是一格一格用橡皮擦塗掉

還是一格一格　用炭筆塗得更深

許多年後

我曾想過在一暴雨如傾的夜裡

山中小徑

我們各自打著傘

那是很多年後的相遇

我們年輕時以為這會更摧心斷腸

但 Line 的卡通貼圖

好像　好像那個雨幕銀光後面

天河潦亂那樣的水蟻紛墜

妖靡的玉蘭花香

妳的削尖下巴

輕輕看一眼又低下的眼神

那種哽咽的十 九 八 七 六 五 四

我該開口說一句

像詩一樣的話

「我始終沒有忘了妳」

妳會說

「我們回不去了」

應該是這樣的吧

秋天了

家裡的狗兒在換毛

地板上覆著金色的　像通電電蕊的

細細的柔絲

李棠華死了

那個讓許多小人疊羅漢

掛在一台腳踏車上的特技演員

我還是想要對妳說

「我始終沒有忘了妳」

現在的我

比年輕時更像一隻海葵

這麼多的哀憫　恐懼

藥物侵襲我的大腦

但我還在想著那個迴旋舞

手指輕觸　手這種器官

像花朵一樣一瓣一瓣蓋好

我聽到妳啜泣的聲音

暗黑中只旋轉那半圈

我曾想過我這樣就死了

其實我希望他們在送葬隊伍

弄一輛疊羅漢摩托車

也許弄隻長頸鹿

但其實我的孩子已經長大

他們不會因這樣的馬戲團場面

而比我希望的

更想念我

我希望那些小說家都能出席

他們說這人是個好傢伙

也有可能我託夢給我的妻子

先騙她我是鍾馗下凡

然後告訴她

我沒寫出那個偉大小說的情節

或許她會問我

葬禮上那個哭得死去活來　妖裡妖氣的女人是誰

我好喜歡這個

活著像一塊肥皂

死去像這塊肥皂手滑掉進馬桶的咽喉

這樣的譬喻

鐵道

對不起我無法走更遠了

因為我的時代

那鐵道就修築到這兒

其實早沒有火車走這段路

我試著踩那枯葉蝶碎裂或三葉蟲化石粉塵

其實只是枕木

枕木啊　它像我九十七歲阿嬤死前說的

「凭般活著　真痛苦」

我踩著它們

以為自己只是聽故事的年輕人

但其實我被那兩條佈滿鏽疤的金屬弧線

關進那時間之牢了

沒有火車

只有黃粉蝶

還有盤旋大冠鷲的悲鳴

我想將兩件事

透過那書頁底角翻撥的連環畫幻術

把老人的青春之歌

偷渡到年輕人未來的老年裡

但後來雨不是垂直墜落

而是橫著飛行如箭簇

如蜂鳥　如遮蔽世界的百萬蜻蜓

每一薄膜切開的空間

都是一個妳獨裁的邀請

妳將投宿旅人抽掉門卡的房間

也許我不該挪貸那還沒

還沒籠罩的老年

我不該幻覺自己早已死滅的那個青年

路啊路啊怎麼怎麼在它蜿蜒變形中

不見了

我說　抱歉我走不動了

但或在妳眼中

我一直在原地走著

那鐵軌早在

早在計畫被撤離時

像一隻孤獨的鳥

死在野地上

垂出的

細細的白肚腸

我想主要我走不到

妳說的那銀光閃閃的蛛巢小徑

或者我走進羽葉搔刮　石龍子竄遁

沒有路的所在

他們曾描述

那是一個藍色閃電

或像坐著玻璃船

底下是珊瑚礁森林和蝶魚的幽靈劇場

只要一個翻滾

我就會跌進　每一個

每一個雨後蕈菇叢

每一朵獨立的祕密裡

無題

他弄丟了假牙

後半生只用柔軟的牙肉咬

像彈鋼琴

每個音鍵凹下

他就想起一個辜負過的人

父親　母親　妻子　孩子

老朋友　祕密情人

他們本來都是要咀嚼的一粒粒的硬米

回憶裡肉咬肉　疼共疼

但後來沒辦法

都只能變成稀粥

給女兒的

我只是難受「那個美好的妳　終於也將消失」

它不是墮落或沉淪

而是「無可奈何花落去」這般的

錯以為可以建立時光的攔阻迴路

而終於如之前所有曾這麼做的人

也正就在這個體悟「都是幻夢」而放手之瞬的

體悟　空蕩蕩的感受

我也曾撐著　或說戒定著

感到像氣球被撐脹　不斷被撐脹

愈來愈薄　透明　形貌走樣　愈來愈無助徬徨

的那個自己

不要被「我」這個朝向「過去」不斷漩渦打轉的擴張

真的爆破了　化為霽粉煙塵

這是無解的

一代一代的空闊心靈

都曾徘徊　躑躅在這個走廊盡頭的門口

「我終將殞滅」

問題是

它是從哪一個時點　被按下鐘鈕

緩慢的　你無法察覺的

神明散潰　形貌銷蝕？

我想攔住那個「或已曾完成的　美好的自己」

不要像從水壩墜毀的鐵皮工寮

但沒有辦法

我在妳現在這個年紀　或更老一點　或再更老一點的年紀

都驀然驚覺「如果繼續這樣活下去　只有像招飛蛾而結滿
　蟲屍和屎癬的錫燈罩」

最後只剩屈辱　像《變形記》那隻沉默的大蟲生不如死的
　活著

你會聽到自己內心驚惶的回音

我們之前的文明經驗是　你發現了　一個盲點　一個致病
　　原　一個錯誤　一個結構設計或材質上的弱點
你可以修正它　繞過那個死區　不要走上前人走過的錯處
但就是這輛夜行列車是沒軌的
你醉生夢死　玩日愒歲
或將自己撐在一副等待死神來敲門的盛裝　或甲冑
讓尊嚴有如頂尖棋士對弈
沉思一個極小規模的變異　動靜　接下來形成相生相剋的
　　預想
都是沒有用的

然而
文明有時會提醒你
通常是在你看見最醜惡的人類演劇的時刻
你的自棄常緣於過苛的　險峻的規訓和懲罰
然而
文明如黑夜曠野逐一滅去的螢火蟲
你知道每滅去一小光點

就是一朵掙扎想給這暗黑一點點溫暖　流光

的靈魂的死去

像燈一盞一盞關熄

人們就愈對那無邊的黑　恐懼

哲人已遠

或換取的孩子

或笑忘書

我有時會為曾經那漫眼繁星的美麗時刻為何不在

從靈魂的腔體最深處

顫抖的哭泣

後悔自己沒在最強壯美麗的時光

更愛自己一點

然後我發現

點點螢蟲虛幻微弱之光

其實黑暗中有潺潺水流聲

形成一個倒映的流金波紋

那像嘆息一樣的美

而它們從未放棄那個美　即使那麼短暫的創造之瞬

這是我想對妳說的

厭

眾鳥高飛盡，孤雲獨去閒

相看兩不厭，惟有 youtube

千山鳥飛絕 ，萬徑人蹤滅

孤狗衰力翁，一萬個女大生在你三百公尺附近想交友聊天嗎

然後我去了一個叫「操你媽媽」的小公司

他是為了對抗「阿里巴巴」而硬取這名字的

最後一個

我是水龍頭最後一滴掉落的水珠

那其實乾旱了整個日光盯著的時節

因為我是剩下的　孤獨的

唯一一個

所以清楚感受

那水管咽喉的乾

他們說

「別走啊

你再離開

我們就什麼都不是啦」

我說

「但我們現在這樣

什麼也都不是啊」

我看著下方

好遠好遠的地面

有一隻蛤蟆張大嘴等著我

我猶豫了兩天

後來發現它在下面　渴死了

「原諒我

我只是有懼高症

我很害怕

這麼高跳下去

會很疼啊」

這顆孤獨的水滴

思考了整個七月

終於決定離開這裡

它鼓起很大勇氣

跳下去

它最後看到了一只很大的皮鞋

在遠遠的下方

踢開那已乾成扁扁一張皮的蛤蟆

然後它就在墜落中途

蒸發　消失了

那雙皮鞋的主人

在水滴活著時永遠猜不到的上方

扭開了水龍頭

水嘩嘩的流下沖在他的皮鞋尖

「噁心死了」

那些水流四處淹開

沒有人知道

曾有一顆水珠

有過那麼迂迴　婉轉　自責　給自己打氣的內心戲

我一直一直
把你的星球顧得好好的

我曾經啊

不知道為何不被愛了

那就像一顆星球

每一樣東西都還在

河流　海洋　大山　沙漠　城市　圖書館

寡婦　動物園　釀酒廠　銀行經理

每一樣我細細檢視

都在都在

然後我發覺了　我明白了

是煙不見了

火車不冒煙了　煙囪不冒煙了

發抖的孩子不會口吐白煙了

焚燒死去馬匹的木柴也沒有煙生起了

沒有晨霧

沒有海港的大霧

我才感覺到不被愛了是這樣細微的不同

我曾經以為

被不愛的人

臉中央會有個穿透的窟窿

他們坐一排在街角

雙手掩著那個破洞

讓人們以為哀傷在哭泣

我也想像過

被不愛的人

會躺在機器人墳場

整片黑油　臭味　斷肢殘骸

宣判切斷兌價的時間

或像那海邊的馬場

那些老殘　蹄子破裂　有一隻眼珠灰濁空洞的淘汰馬

但是　但是

故事不是這樣的

你的這顆神祕的星球

小小的一切　細微的在發生

沼澤旁的母鴨　用心不讓她的孩子夭折

吃下你的眼淚的野馬群

在灰綠色的荒野奔跑

你的所有夢境

被當成潮汐　風　銀色月光　地震或暴雪

所有海獺的鼾聲

所有蕨葉的冒長

你慢慢會看見

在這顆星球之外

有上億顆星球

在無垠黑暗中安靜轉動

有許多破碎的殞石　暗紅死星　星塵　空洞

漂流著　旋轉著

哀傷巨大到太空的尺度

會成為一種潔淨的　像透明膜

喔不

像在透亮　湛藍的泳池底部

閉氣蛙泳

那是很長很長的

這個星球的史前史

很久以後

沒有碑石

但你希望很久以後

那個人偶爾想起

尋回最初離開之地

郊原春色　桃李蔥蘢　飛瀑垂掛　百鳥啁鳴

你說

「我一直一直

把你的星球顧得好好的」

五四他得了憂鬱症

我不知道五四她從醫院回家
路上遇見哪些人哪些事？
但她眼珠的顏色變更淡了
可能她坐在候診椅和一些臉色悲慘
的人　靜靜坐了一下午
卻遇到一個咄咄逼人的醫生
五四的個性不愛說謊
但她卻騙醫生說有的
我都有聽您的指示服藥
但她的狀況為什麼變成這樣呢
我們討論過是否那些藥造成她
更錯亂　更恍神　更常有厭世之感
我告訴她
憂鬱症不是憂鬱

是失能

五四自言自語

「所以我不是憂鬱　是失能？」

很久以前

我追五四的時候

我說　我甘心做一支水草

五四她居然會被這樣的句子打動

我哥們　哥們的女人都對我說

五四是個好女人啊

你要把她捧在手心啊

你們這種挖人家墳殺人家全家的罪業之家

怎麼騙得這麼個天使進門？

五四笑起來的時候

多好看　眼睛瞇起來

我記得五四以前會變出許多好玩的東西

懷錶　眼鏡　鋼筆　旗袍　留聲機　報紙

但不是這些東西的折光　材質　或線條

跟不上更漂亮的新玩意

也不是

我們玩起家族角色遊戲

她那些說出來讓人掩鼻的

斷肢殘骸　膿血並流　陰鬱瘋狂的大哥　妹妹

那些外甥外甥女讓人不寒而慄

或是稍微好一點

但原來更絕望的拙劣炭筆畫

我安慰過她

這世上有許多其他的病人

有許多更可怕的病

「我們會好起來的」

我以前

很久以前

聽五四說這些故事都會聽到心碎

但她生病後這些舊物變得不討人喜歡

「如果愛失能

會變成死靈魂」

「如果尚美之心失能

會變成蒼蠅王」

「如果真誠說話失能

會變成 1984」

我一直努力追想

我牽著她穿過熙攘人群

我不知道逆光所以看過去整眼的黑

你覺得很多事物在那跳躍

她在我身後像棉花糖愈變愈輕

像抓著一支黏黏的竹籤

我想不起來

我是在何時放開她的手？

年輕美人的裙底

我總是不知我該走到哪去

會走到哪去

因為我在這麼美麗又憂鬱的小城裡

我愛著那些暗影小店裡的

矮子　高竹竿　獨眼龍　有一張菩薩臉蛋總穿吊嘎啊的禿

　頭老者

他們賣著老茶　北魏的佛像　青白瓷或建盞　當然還有壽

　山石

真假虛實　雲煙繚繞

沒有人覺得還想在餘生

去到什麼遠方

隔幾條巷子

是那些美麗女孩兒們開的不同咖啡屋

她們的手臂　最誘人的部分

刺青了鮮豔重彩　氣勢洶洶

深藍色和酒紅色的玫瑰　烏鴉　或她們摯愛的貓

咖啡機噴出蒸氣的嗚咽

她們就在外國

她們遊歷過了　許多城市

真假虛實　光幻影跳

(一些贅詞)

我其實

然後

對不起

喔這樣說不對

呃

很想念您

這件事是這樣的

一旦有了時光的感覺

你的腳底就長出根鬚

就寸步難行了

我覺得我更懂那個裡面一些些了⋯⋯
我不該冒犯不該褻瀆的
其實我曾經經歷過的青春
如果我都不動
日曬如原子彈落地那一瞬　蟬聲喧天
所有影子靜止著
我好像也能悟到一些
手順著女孩的大腿　輕輕碰到蕾絲那麼細軟透明的
然後我臉紅了
我能悟到一些這其間的哀憫　疼愛
獨立於她那型態的美麗
我只要都不動
其實我的繪圖已那麼多年
在曠遠的大山　水波　林煙　浮雲
曠野上千萬小人兒拖曳的隊伍
馬隊旌旗　槍槊戳進胸口恐懼的臉

我諦聽落葉紛紛的聲音

雨水從簷嘴一線垂掛的銀鍊

我知道生老病死　時光的祕密

（但我動了　就動了那一下下）

然後那奇妙的　我不曾在世間感受的玲瓏　敲擊上下四方

　玻璃細管

的樂音

我覺得我不知道

但我更懂得那纖巧精緻的廳廊的燦爛吊燈

照出來其實不是影翳　但輕微的暈眩

好像只有我和過去的

我們時光電影中的妳

站在無人的高塔的頂端

風吹得我們搖晃著

好奇妙

我覺得好奇妙

世界

1.

有時你會覺得和這世界生悶氣

但這世界像大海一樣

在無垠的海底

有失蹤客機　古代帆船　核子潛艇

曾經傳奇海戰沉沒的赤城加賀蒼龍飛龍　夢中航母

大和號　武藏號　信濃號

當然有許多許多潔白的骨骸

海底有鯨魚發出聲納

有大王烏賊　有魟　有快速游動的生生死死

超越想像力邊界的力量或柔弱

有螢光水母　有整片發白死去的珊瑚

你如何會跟這樣不斷湧現

超出你腦袋　你無法再現的最初設計圖紙

祂所創造的這一片深藍　靜謐　危險　時時爆發生命的新品種

跟這一切生氣？

是否只是我太無知

是否只是我還沒在一全景展開

未能脫離直立猿人　步行不超過他所掌握經驗的地表

有太多事不懂

沒有鰭　鰓　不曾在那海中泅泳

我曾經和我的朋友在一艘船上航行

那海浪連續上下波盪讓我恐懼

我的朋友們喝著啤酒哈哈大笑

天黑時他們用釣竿釣起一尾一尾烏賊

在甲板用生魚片刀將噴墨的這生物

切成如同曇花花瓣

但我注意到

那切下的一截　應該算屍體的部分了吧

像少女纖白的手指

那麼優美　卻孤立於一切連繫

繼續的動著　我想說「蠕動」

但其實它像彈著舒伯特鋼琴曲的手指之舞

似乎虛空中有一首樂曲正被它堅持演奏到終章

如果我在海中

它應該會告訴我一個銀光燦爛的　飛出海面那一刻

奇妙的經驗

2.

世界這麼亂

但我好想你們啊

我在深夜失眠時

回想著我們那個無所猜疑的談自己的創傷

自己最愛的世界小說家

自己偷偷喜歡的　大自己幾歲的那個美人兒

我們喝著大瓶子而非小瓶子的冰啤酒

那時距我們學會抽菸不過三四年

甚至我那時還沒有性經驗呢

但我們那麼愛這個世界

我們誰都不認識

哪裡都沒去過

我們的眼睛黑白皆清澈

我們覺得老人那麼邪惡

我們知道我們老的時候一定可愛許多

我喜歡的一些人

他們急匆匆拍答拍答跑過那醫院走廊

沒有看見我

我想說你們怎麼了嗎

但你們的臉憂愁　嚴峻　對他人防備

像是錯失了　沒有如我們年輕時預言的

石窟裡倒楣佛　那礦物彩剝落

有一些能把人世解不開的冤恨

像小水漥承受雨陣

那種濺起同時又盛裝無數藤壺小酒杯的

「因為懂得　所以慈悲」

怎麼了嗎

因為我知道　你們不是說謊的人　你們是脆弱易受傷害的人

你們不是硬心腸的人

我曾經為你說過的某個故事

眼淚停不住的流著

我好想念你們啊

我知道我此生

不會再遇見這麼漂亮的靈魂形狀了

但一定是

那時坐在那夜晚酒吧

像吐煙圈　像說夢話　像水草裡的小氣泡

那樣忽明忽滅的臉

一定有錯差　或誤以為那是友情

其實只是登山客暫棲躲暴雪的小屋

我卻以為這種暫時的困住

是親密的偎聚

我聽不太懂你們後來說的話了

但我那麼想念你們

珠串

我母親送我一條手串

很妙

像是五顏六色的玻璃瓶碎片

然後放進滾筒攪拌、打磨

成一粒粒圓呼呼但還是有微稜的

淡紫淡綠天空藍　純淨的無色　淡粉紅　淡金色

那樣的小咕嚕

還有真的紅珊瑚、綠松石、青金石

我說

這好像神一開罐打開的一罐冰啤酒

噴出的五顏六色的氣泡啊

我娘說

這串手鍊

是我很多年前去西藏

回來帶給她的

還吹牛說這是給大召寺老僧侶持咒過的

很貴很貴的

我不記得了

我娘說　你才那麼一點大

連我的腰都搆不著

就會吹牛說長大要買有噴水池的花園給媽媽

哈哈　你這窮兒子

能買什麼很貴的手串呢

但我娘說

這兩年

我一直怕你比我先死

現在看來不會了

這手串送給你

我記得那年我到拉薩

頭昏腦脹　眼眶欲裂　感覺呼不到空氣

那夜夢見死去的父親

我在等兒子放學的小學門外

一家文具店裡打恐龍王機台

外面大雨　一整片銀光

覺得世界何其寂靜　人都不見了

我父親拿著滴水的傘

站我身後

他沒說話

但似乎一個意念

這盤打完　你該去接你兒子了

我父親對我從未如此慈祥過

也許在夢中

我心念曾起

「你對我滿意嗎？」

後來我們共撐著那傘

穿過那像千萬根玻璃管形成的雨幕

「我對你很滿意　兒子」

我醒來後

發覺自己在西藏

眼角帶著淚

所以他是去了個明亮溫暖的所在了？

我母親說

你看這些珠子

它們原來可能是尖利的　讓人不舒服的　奇形怪狀的

可是它們在海底被磨啊磨

磨成這樣圓圓的　濛濛的　磨到後來海都不見了

它們跑到最高的雪山上了

然後你看西藏人把它們拾起來　串起來

其實摩娑著　念著的經咒

我們以為的忍耐　慈悲　拯救

世間的苦　那麼痛那麼痛

本來就是那麼大那麼大　那麼長的時間裡

一直磨一直磨啊

超出我們這一生執念的時間

超出我們以為自己特別又重要的幻覺

超出每一個母親告訴他流淚的老兒子

別對這一切痛苦　大驚小怪

它們一直磨　變成柔和透明的小珠子

分不清是那經咒美

還是珠子美啊

傷害讓我變得像小孩一樣

傷害讓我變得像小孩一樣

過去的我太剛強啦

有時我會流眼淚

純粹的　整個人透明無有陰翳的流眼淚

似乎抽噎本身就是宇宙間最安全的自娛

我忘掉我是個老菸槍

我忘掉我是個老酒鬼

我曾和一些靈魂被打出凹窪的不幸者兄弟相稱

我曾和一些深諳嫵媚混和優雅的女孩玩似有若無的遊戲

但此刻的我

純淨的像孩子一樣啊

我沒有辦法逞義氣　為邪惡的事憤怒

我對憂傷照顧著我的妻子說

「我好可憐啊　妳別生我的氣了」

我對那些我經歷過的美好昔時

其實畫面裡的人們純情　仁慈

我沒辦法為他們衰老的模樣辯解

我曾經著迷於拆解痛苦最複雜的結構

我曾經在一山路蜿蜒

聽一老和尚娓娓對我陳訴「以眾生苦為苦」

聽得兩眼迷離　抓耳撓腮

甚至我曾經以瑟縮冰冷全身甲胄在暗影之境孤獨前行的騎

　　兵自許

但如你所見

現在的我像個孩子一樣

像玻璃一樣易碎

像乳酪一樣易融

我偷吃了冰箱裡的哈密瓜

那個女人生氣的責備我

我哭了起來

「妳不要生氣了

我以後不這樣了」

她蹲下來看進我眼睛裡

「我生氣的不是你

是本來好好的願夢和林間小徑　鳥鳴啁啾　落葉如灑金

把這一切折騰　弄醜

你卻在那我們沒人敢去吵你的　　游泳池

所謂沒有干擾因素的波光粼粼

說要想明白　肺和鰓　皮膚和鱗片　雙足與尾鰭

怎樣翻轉　吐泡　貼池底而感覺滴哆的夢中水聲

你待那裡面　太久太久啦」

我很害怕突然的不回信

我很害怕突然的不回信

突然的消失

我很害怕想不起許多事

所以回憶是一件孤單的事

坐在湖邊垂釣

某個往昔時刻

突然在一種銀光迸裂中

被你用全身力量

從那它掙扎　不想被你的尼龍絲和細鉤

扯出原本深湛　在傷心的水草間迴游

那個深湛的夢境

困惑的是

將這條原本遺忘　放生的

金紅鱗片　口唇張合　鰓邊潔白細碎小泡沫

在泥地扭動

兩眼瞪著你

你原本想不起來的

昔日的某次愛的感覺

你不知該拿它如何？

它會再一次的死去

那對我是真正的痛苦

我們會看到許多恐怖的　瘋狂的　戲劇性的

強烈的傷害

譬如控制慾　譬如像投放沙林毒氣那無意義的恨

譬如嫉妒或鬥爭

但我說的都不是這些

是非常私密的

曾經某種友好的感覺

某種已經暗自放置了微小積木　看不見的透明隔篩

你已經小心翼翼對待的情意

它們是在什麼情況　那個疏忽時刻

被丟失了呢

像細細的銀鍊斷掉了

因為害羞　在人群前裝作若無其事

「是有人說了我壞話　而你竟相信了嗎？」

像衣服布料貼身的靜電

「唉唉」

像老人發呆許久

終於拿筆刪去月曆上又一個失去的數字

【後記1】
微醺的友誼

◎駱以軍

　　我第一次見到明煒，是在 2005 年，參加王德威老師在哈佛辦的一個研討會，當時有許多前輩作家，包括我第一次見到聶華苓老師，和李渝（我年輕時可是一字一句抄讀她的〈溫州街的故事〉啊）。記得那晚，眾人聚坐在杜維明先生邀的燕京圖書館，隨意暢談華文小說。當時或已夜深，或我尚處在一時差未轉換的半睡眠狀態，我覺得一室的人，都像魯迅講的版畫裡，一種光與影互相顛倒的濛曖、刀刻線條之感。大家說話都像在說夢話。我記得我（當時我其實才三十七八歲）提及台灣年輕輩有幾個非常好的小說家，如童偉格、伊格言、甘耀明，但文學環境愈見艱難；而那時那麼年輕的明煒（當時好像是在哈佛作博士

後），則以一種像大提琴演奏的噪音，講著朱文、韓東（我當時完全沒聽過）這些也是「六〇後」非常有原創性的小說家，可惜因某個無端的事件，好像轉離那原本一出手，是開出新的演化可能，但（讀者，或評論者）錯失、錯過，而他們好像後來也離開小說創作本該出現的高峰期。這種談起一個「本來該是這博物館這面牆掛著的一幅精采畫作」，一種對文明原本該以巴洛克建築般的多品樣出現，但像《紅樓夢》中的寶玉發獃氣感傷一陌生女孩之死，是我最初對如此年輕的明煒的印象。後來眾人散去，夜色中我和妻，與明煒和秋妍，還在朦朧街燈、高大樹影下，意猶未盡的談論西方的那些小說家、後俄的小說家、日本的那些小說家、拉美的那些小說家，像昆德拉、奈波爾、魯西迪這樣的小說家，然後感慨華文現代小說一百年後，品類還是略窄，種種。總之，那於我像是開啟了一場「關於小說的漫漫長夜」，未必在酒吧，但在其後的二十年，拆分不同章節，我與明煒每次相遇，就如古人秉燭夜談，他像是開了哆啦A夢的時空門，每次分隔幾年重逢，這之間他又去了那些那些不同的城市，不同的國家。

一次是明煒來台北開會，當時我還開車，還身強體壯，意興風發。自薦當嚮導開車帶他上陽明山（我可是老陽明山了），分享幾個我的祕密景點。那時好像是冬天，山中大雨不停，山路間雲霧籠罩，什麼風景都看不見，好似我那樣開車在山裡繞著，雨聲和車子雨刷聲。非常奇幻的，明煒開始跟我講一本小說《洪堡的禮物》，那像一千零一夜的說故事時光，他充滿對這個故事的熱愛，簡直像古代說書人，把全本的幾個人物背景、深層的創作者內心的迷失與創作、美國那個時代大詩人與社會名流階層、電影圈還牽扯，充滿暴得大利的名利場背景，主人公對他亦師亦友的過氣大詩人「洪堡」（我聽明煒整趟說下來，一直以為那名字叫「紅寶」），他整個鉅細靡遺的跟我說不同章節，這主人公的命運遭遇，光怪陸離的掉進一個偷拐搶騙的高級詐騙黑洞。我記得我聽得如此著迷，一邊緩慢開車在山中雲霧騰翻，車前燈照出可見視距不到兩公尺的「不知此刻我們在哪裡」，但聽得我抓耳撓腮、張大嘴巴，意識到身旁這人，和我一樣是個「小說癡人」，說起好小說，那個酖迷沉醉，簡直像我倆是在《海上花》那時代的

長三書寓的鴉片床上，各咬著根菸管，半夢半醒的說龐大如佛經，空色一境的《紅樓夢》，那麼歡喜暢快彈奏著靈魂的琴弦。

這事過去了怕有十年，有一天，好友黃錦樹君寄了一本厚書給我，說他買錯多買了一本，便送我（他常幹這樣的事，可能是諍友老覺得我不讀書，轉個方式寄些書給我），我一看，不就是當年明煒在那山中雲霧亂繞的車上，說了三四小時給我聽的《洪堡的禮物》嗎？當時我已進入到這幾年身體急遽損壞的狀態，閱讀狀況確實不比從前，那兩年只有波拉尼奧的《2666》和《荒野追尋》，每天書包背著其中一本，到小旅館一讀再讀，書都被我讀爛了。除此之外，朋友介紹一些新的、國外某個很厲害的小說家，我都憤憤讀不太進去，我自己覺得是天人五衰，不只作為小說創作者的這個我枯萎蜷曲，連作為小說讀者的那個我也失去了「至福的能力」。但收到這本《洪堡的禮物》，我自然回憶起許多年前，在陽明山「霧中風景」聽明煒娓娓敘述的那個揉雜了古典詩的鄉愁、費茲傑羅式的浮華奢誇（但是在當時新興的芝加哥）、偷拐搶騙的可能

在《儒林外史》、《金瓶梅》或《紅樓夢》中，像織布機那樣線索錯綜的，建立在浮名、貪欲、女色之間的「黃金時代的懺悔錄」。我意外的深深著迷，讀進去了，且像愚鈍之人才遲到的體會多年前，明煒跟我說這個故事，後頭的百感交集。我受此書啟發，後來寫了我的《匡超人》，我缺乏上流社會見聞但寫台北的文人心事、偷拐搶騙、真情與謊言混雜的熱鬧一個我的時代的浮世繪。

這於是，明煒於我，都是隔了好幾年，在夢遊般的某一座城市，兩人像魏晉人那樣對座，而他都如此自然，像琴者拿出一把古琴，在我眼前高山流水的彈奏起來，不，他都如那次在陽明山對我說《洪堡的禮物》，以一種對那些小說真摯的熱愛，跟我說幾個小時。2010 年在上海復旦，王老師和陳思和老師辦了一個超大的研討會，莫言、王安憶、余華、蘇童都到場，一場一場的座談，但好像最後一天明煒主持了一場當時還都頗小眾的，中國科幻小說的對談，我沒去聽，但據說整個爆滿，現場氣氛極熱烈。我對所謂科幻小說只是門外漢，對當時已撞開沉悶文學空間之門的中國科幻小說更一無所知。但那晚，明煒來我飯

店房間，啊那像神燈魔法的一千零一夜說幾小時故事的時刻又啟動了，他一則一則跟我說劉慈欣（那是我第一次聽到這個名字，當時也只有短篇，還未有神作《三體》）的〈鄉村教師〉、〈流浪地球〉、韓松的一些怪奇又暴力的對中國的寓言、另一些年輕科幻小說家的作品。我真是聽那每個故事，都像唐傳奇或聊齋裡的極品，真是大開腦洞，不可思議，但明煒像一個分享他整本神奇寶貝卡給他好朋友觀賞的小學生，完全不知疲倦為何物，我記得那晚聽這一則一則夢幻奇怪的科幻小說，聽到兩三點，我整個大腦記憶體都瀕臨崩潰，記不下那許多摺縮的故事檔了啊。

　　之後又過了幾年，我和黃錦樹、高嘉謙、另一些師友，到哈佛參加王老師辦的一個研討會，那時身體已像連環炸彈的最初幾次爆炸，那趟旅行對我或也是我人生最後一次飛這麼遠、這麼久吧？那次旅行非常快樂，有一天眾人還去梭羅的騰格爾湖畔漫遊，北美秋天的楓紅真是攝人，漫天漫地都是那種金紅色。明煒在韋爾斯利任教，有點地主之誼，有天我和錦樹還去了他和妻子秋妍的漂亮房子，吃

了秋妍親煮的炒米粉。那天下午，明煒當導覽，帶著大家參觀哈佛大學的博物館，我很難描述我對那個記憶的感慨，我對這些印象派誰誰誰的畫作一無所知（這幾年比較有在網路上補課了），對那些北魏的佛頭、唐三彩、宋代窯瓷、明代青花、清三代琺瑯彩，全無枝且無感（也是後來幾年勉強補了些課），對什麼兩河流域、埃及、希臘的雕刻或陶瓶或鑄銅，也是像傻瓜看洋片，在那些玻璃展櫃前說些屁笑話。但明煒就像這間博物館是他家巷子口的土地公廟，他已無數次進來，就差無法穿透玻璃牆去撫娑它們，解說時那種像自己親人、戀人的愛意，完全不受我們其他人因為對藝術品或藝術史的隔陌，且在這樣短時間旅途程中安排的「一次參訪」，露出的調笑與高中生式耍廢，他如此真摯、傻氣、意興遄飛跟我們說著一件一件藝術品迷死人的身世，只恨時間不夠啊。之後又帶我們去哈佛旁的一間美麗的書店，因為全是原文書，我又是像鴨子被牽進雷神們的兵器庫，無任何可以進入平台上櫃子裡任一本書的想像通道。錦樹是書癡，到了書店就快樂起來。而明煒又以那種溫柔但任性（又像小學生帶他的好朋友參

觀他的祕密寶庫）的真情，說著他最初到美國，在哥大，如何如何和一家小書店的情誼，在另哪座城市，又是哪家書店他去幫他們幹了幾個月免費雜活，只為能待那一直看書。

　　也許那時我心中就浮現了「白馬與黑駱駝」這個對照組的兩個「夢中動物」，它們未必屬於光，未必屬於影，但很奇妙的，我其實大他六七歲，但他著實很像阿難博學聰慧，像所謂「希臘性」那樣的寬闊多樣。生命很多時刻其實是開了我一個「新手印」，全新打開另一個世界的啟蒙者，但並不是老師，更像少年玩伴，真心實誠，且因慷慨的個性，完全不保留傾心相授。我生長於台北旁的小鎮永和，我父親是 1949 年隨國民黨近 200 萬軍隊、軍屬、公務員，隻身逃難到台灣來的，「因此有了我的敘事景深」，我青少年時光如侯孝賢、賈樟柯電影裡那種小混混，那也成了我日後寫小說始終和正常人世偏斜了視角的說故事氣質。但我好像不曾遭遇像明煒這樣的朋友，他生於新中國，但似乎少年時就開了寫輪眼，他外公那邊好像和國民黨有關，因此包括他母親、舅舅、至少四五個阿姨，

在文革時都受到不同苦難和耽誤，但又各自因從小家庭的新文藝教養，各自展開成嚮往新時代新空氣新文藝但終一整代被耗損的女性史（後來我讀過他的一篇未來小說的大綱，他的母系家族，故事真的太精采了，完全不輸《追憶逝水年華》或《紅樓夢》），可能當時大人的世界還在一次一次的整風、運動，所以總有些奇特的中學老師，會像〈鄉村教師〉裡那個絕望但想把文明的火苗，硬摁進什麼都還不懂的孩子腦中，他好像透明的孩了，始終遇見這種無法言說，但身影悲哀，要很多年後他才能回悟，啊那是個在亂世中命懸一線的讀書人，或是詩人。他在近幾年發表的幾個短篇，寫了當時他還是少年，但已被一群怪人（像江湖奇俠般，祕密聚會的詩人）視為天才，自己人，但八九年那段時間，這些老大哥們突然莫名星散。等我在後來這十多年快二十年間，遇到的明煒，已在美國略能生根，在名校任教，且成為將中國科幻小說引介到西方的重要推手。我想說的，是他與我簡直像顛倒、序列裡的每個基因密碼都差異的這樣一個大腦、靈魂，我與他之間竟發生著這樣的友誼。最初相識，他給我的印象是「藝術、文

學、古典、現代皆完好教養的一個奇特的大腦袋」，但時光拉長，幾次的相見（中間都隔了幾年，所以兩人各自人生際遇，都像要用遙控器快轉影片，今夕何夕），我慢慢發現他性情裡和我極對拍的，孩子般的真情、永不停止的好奇心、對一些美好未來願夢的容易感動，他完全沒有學院氣，後來我才明白，那就是他少年和一群怪咖神人老大哥，浸踏在詩的風露光影，但最後那些人全被時代沒收了，他負笈美國，其實是以一單兵的寂寞活下來。

這樣說好像一個顛倒至太對稱的「兩地書」，但其實我們都已換乘過不同年紀河流的渡輪、膠筏、小舟（明煒可能更還有跳空間移動的太空船），很奇妙的，是可以品嚐一會因時光陳放的，有些各自對文明、對景框不可思議的裂潰、苦難彷彿永劫回歸無法超渡，這些帶點微醺的，友情的，以詩的形式，遣悲懷、寄缺憾、文明想像的暢恣激情、難以言喻的「只有此刻的我看見這樣的美景」，我覺得這是一本無比美麗的小書。它讓我相信，人最後，如此渺小，譬如宇宙星塵，在從前許多同樣黑暗、絕望的時代，但亂世中得遇心智、品德皆高於自己的知交，即使「人

生不常見，直如參與商」，即使說起自身，「渾似不欲
簪」，但那個撫琴彈奏、對酒當歌的友誼的快樂，那真是
奢侈、幸運的事。其實很像多年前，我孩子小時，我伴讀
時讀過一本外國繪本，講兩隻小老鼠的友情，其中一隻，
總是在世界各地旅行，另一隻則是不出門老待自己小小的
老鼠洞裡，但前者總會從世界各地、各城市寄來不同的明
信片，短短講述牠看見的某個風景，遇到的某段有趣故
事。而後者則快樂的、靜靜的生活著，等著這些不知老友
又從地球哪處發來的明信片。我覺得這是況描這些詩的背
景，最童話的樣態啊。我這幾年因病，常說起話叨叨不休，
怕給這本輕靈互奏的詩集添亂，就此打住。

　　是為記。

在看見彼此的瞬間，分形出另一個世界

◎宋明煒

　　以軍寫到我們第一次相識，我記得那時美東已是深秋，陰天還是雨後，紅紅黃黃的凌亂秋葉點綴在預備抵擋嚴冬的黑色樹木枝幹之間，世界顏色都變得深了，在那背景上，好像電影鏡頭突然仰角打開明亮的畫面，我們看著以軍和他妻子的年輕快樂無憂的面孔，那時候我們也都很年輕吧。那一年，以軍不到四十歲，我才三十出頭而已。那時還是二十一世紀初，不算太平盛世，但人們似乎都至少期待新世紀不會比二十世紀更壞。我讀以軍回憶我倆的交往，一路寫下來，過去十幾年在上海、台北、麻省的幾次重逢，在混沌記憶中點亮許多星花舊影，讓經歷的一些時間又活過來。我想起，有一次以軍（可能是正在旅館熟

睡被我吵醒後）在電話裡對我說：明煒，明煒，我們要保證，過很久以後，等你到四十多歲快五十歲，我到五十多歲快六十歲，我們還要像現在這個樣子啊！他會這樣說，大概因為我前一晚拉住他煞不住車地狂聊科幻到半夜，可能真的讓他一夜沒有睡好，實在所謂「這個樣子」是指任性失禮、但也是自由自在、無拘無束、甚至童言無忌的意思。那時候以軍在電話裡說這話，讓我感到甜蜜，像是聽到了我最敬重的兄長的許諾，那一個瞬間裡，我對時間的未來形狀完全有著浪漫的畫面；那個時候，正是十二年前的豐盛夏日，我想不到時間會是如此鋒利無情的單向箭頭，此時此刻，我們不正是已到了以軍電話裡說的年齡嗎？寫這些字句，我在美東，以軍在台北，我們之間隔了半個地球，而我們現在所居的世界連帶著不可預期的未來，距離許多年前那個深秋時分的歡樂與無知，早已經撕開了一道不見底的淵深，有如降維宇宙中物理和倫理坍塌、失去時空的秩序與正義、心靈內外的廢墟化、和一切數學定律都失效之後的混沌，像以軍寫過的「洞」裡釋放出惡魔，陰雲密布的天空下，末日將至。我讀以軍那樣珍

愛地寫我們相遇的一次次時空節點，他誇張地對那些時刻的巴洛克禮讚，而在過去三四年間，以軍認真地帶我一起策畫和出版這一冊詩集，我明白這是以軍給我的禮物，是在這個星光漸漸熄滅的宇宙中，他用生命中那些明亮永恆的光子編織出的最璀璨的禮物。

以軍誇張了我在過去十幾年中對他的意義，但作家駱以軍對我的意義，除了個人友誼的層面，卻發生了全方位的量子革命那樣的影響，是以軍的《遣悲懷》、《西夏旅館》、《女兒》、《匡超人》、《明朝》給我了一把打開二十一世紀感性和文學的鑰匙，以軍的全部寫作之於華語文學，在我心目中堪比波拉尼奧之於西方文學的意義。但與波拉尼奧經歷智利政變那個地球上最後的夜晚、乃至畢生都在面對二十世紀最不可捉摸的惡的主題不同，以軍完全是自己從一顆純粹的文學種子，在漂流的島嶼和虛無的美學中，生根發芽，灌注生命的血漿，長成枝繁葉茂的最盛大有如迷宮無限折疊的華文文學罕見的樹型宇宙。以軍的小說，從私人到歷史到未來，從敘述到倫理到物理，從美學叛逆到認知轉型到時空折疊，他比任何一位華文作家

都更勇敢地（舉起金箍棒）穿梭進入二十世紀戰亂、流離、喪失的黑洞，再（使出七十二變）從另一面的白洞中噴射出二十一世紀文學形形色色瑰麗無邊的新巴洛克宇宙。駱以軍的文學啟發我去認真思考新的文學觀，新的感知和思考方法，新的美學、哲學和知識的可能性，這啟示的意義甚至不僅僅侷限在台灣文學，而是與台灣在世界文學中的位置有關，也和包含台灣和華文文學在內的整個世界文學的未來走向有關。但，這還不是我要在這裡寫的重點，那應該是我和我的同事們要努力去做的另一件事——我私心的願望，是要讓世界上的讀者們都知道在二十一世紀世界文學峰頂上，不僅有從智利流亡歐洲的波拉尼奧，還有來自台灣，那另一個經歷過或預期著地球上最後的夜晚、在歷史洋流中流轉不已難以確定的文學地點，駱以軍為我們打開的深邃與幽暗、華麗與憂傷的文學時空。

與波拉尼奧一樣，駱以軍雖然是一位了不起的小說家，但他更根本是一位詩人。他所有的小說寫作，也都可以說是「棄的故事」；他完全打亂線性敘述、拋棄確定性語法和寫實語意的書寫方法，也更近於詩，而不是尋常的

情節主導長篇小說——雖然他是一位最動人的講故事的高手，但在他小說中將各種彼此異質但又糾纏不已的故事，用不容質疑的真摯情感結構在一起的方式，並不是一個有等級的時間線性敘述結構，而更像是讓每一個詩行都自成一個世界、讓每一個隱喻都孕育新語言的詩意綻放。

　　如果我也自稱是一個詩人，面對駱以軍這樣的詩人，我會感到無地自容，因如以軍所說，我清楚自己剛好成長在一個開放的年代，我的一切寫作都來自模仿，結果當然非常拙劣。在遇到駱以軍、漸漸理解他的文學世界之前，我沒有機會、或勇氣直面自己寫作的真相。然而，以軍給我的禮物，就是他給了我「白馬」。我從年少幼稚的寫作終結之後，有二十幾年沒有文學寫作。其實也不過就是四五年前，我記得是在一個聖誕節前夕的凌晨無眠時光，我突然寫了〈白馬〉，以軍是最初的讀者之一，他的誇張而又無比真誠的鼓勵，給我信心，讓我繼續寫下去，在短短兩個月裡，我寫出了這本集中三分之一左右的詩。雖然以軍後來給了我「白馬」這個稱呼——他總是那麼抒情地給我寫信：白馬明燁……但「白馬」在這首詩，在我最初

的詩意衝動中，完全不是指向自我的。「白馬」是我對世界賜與我最好的那些禮物的一個總稱。拆解成微小意義，舉一個真實的例子，對我影響最大的師長，包括我父親和我的老師，都屬馬。「白馬」最初是為老師寫的，也是為我父輩而寫。「白馬」也是以軍，雖然他是「牡羊」。「白馬」是馬也非馬，是一切我珍視、寶貴的。〈白馬〉是一首感恩之作。正因為以軍的堅持，「白馬」這個名字固定下來，成了我後來持續寫作的靈感和動力。

也因此，對於本書標題《白馬與黑駱駝》，我願意給予一個新的解釋，這不是一個白馬和一個黑駱駝，作為兩個人，亦或兩個不同物種的寫作。白馬和黑駱駝，實在如同左手畫右手，或奇美拉的兩個偶然顯形。我讀以軍為本集新寫的詩，感動且明白這些文字超出了有形有矩的詩，是我們苦難而無物的「今夕」亦「明朝」在黑駱駝中的量子纏結，也是所有那些如永恆粒子般的微小卑微的善良和美，呈現為白馬狀態的曼陀羅分形。以軍也是我心目中的白馬，我則是笨笨的寫字人，是那個目睹宇宙奇蹟驚嘆不已卻無處鑽鑿的工匠，試圖在自己剎那的方寸畫頁上，重

繪白馬和黑駱駝在現實世界中的投影。但是歸根結底，在這個世界上，既沒有白馬，也沒有黑駱駝。這些詩行是煙滅的光電，我們就這樣在看見彼此的瞬間，分形出另一個世界，可以容納愛，美和我們的希望。

最後要感謝我們的老師，王德威教授，他是這個白馬和黑駱駝量子纏結過程的觀測者，他的注視讓我們存在，給我們實體。

國家圖書館出版品預行編目資料

白馬與黑駱駝/駱以軍, 宋明煒作. -- 初版. -- 臺北市：麥田出
版：英屬蓋曼群島商家庭傳媒股份有限公司城邦分公司發
行, 2022.11
面；　公分. -- (麥田文學；326)
ISBN 978-626-310-338-2(平裝)

830.86　　　　　　　　　　　　　　111016583

麥田文學326

白馬與黑駱駝

作　　　者	駱以軍、宋明煒	
責 任 編 輯	張桓瑋	

版　　　權	吳玲緯	
行　　　銷	闕志勳　吳宇軒　陳欣岑	
業　　　務	李再星　陳紫晴　陳美燕　葉晉源	
副 總 編 輯	林秀梅	
編 輯 總 監	劉麗真	
總 經 理	陳逸瑛	
發 行 人	涂玉雲	

出　　　版　麥田出版
　　　　　　104台北市民生東路二段141號5樓
　　　　　　電話：(886)2-2500-7696　傳真：(886)2-2500-1967
發　　　行　英英屬蓋曼群島商家庭傳媒股份有限公司城邦分公司
　　　　　　104台北市民生東路二段141號11樓
　　　　　　書虫客服服務專線：(886)2-2500-7718、2500-7719
　　　　　　24小時傳真服務：(886)2-2500-1990、2500-1991
　　　　　　服務時間：週一至週五09:30-12:00・13:30-17:00
　　　　　　郵撥帳號：19863813　戶名：書虫股份有限公司
　　　　　　讀者服務信箱E-mail：service@readingclub.com.tw
　　　　　　麥田部落格：http://ryefield.pixnet.net/blog
　　　　　　麥田出版Facebook：https://www.facebook.com/RyeField.Cite/

香港發行所　城邦（香港）出版集團有限公司
　　　　　　香港灣仔駱克道193號東超商業中心1樓
　　　　　　電話：(852) 2508-6231　傳真：(852) 2578-9337

馬新發行所　城邦（馬新）出版集團【Cite(M) Sdn. Bhd.】
　　　　　　41, Jalan Radin Anum, Bandar Baru Sri Petaling,
　　　　　　57000 Kuala Lumpur, Malaysia.
　　　　　　電話：(603)9056-3833　傳真：(603)9057-6622
　　　　　　E-mail：services@cite.com.my

封 面 設 計　Jupee
排　　　版　宸遠彩藝
印　　　刷　沐春行銷創意股份有限公司

初 版 一 刷　2022年11月
定價／399元
ISBN：9786263103382
　　　　9786263103603（EPUB）

著作權所有・翻印必究（Printed in Taiwan.）
本書如有缺頁、破損、裝訂錯誤，請寄回更換。

城邦讀書花園
www.cite.com.tw